**니콜로 장편소설**

FUSION FANTASTIC STORY

# 마왕의 게임

# 마왕의 게임 13

니콜로 장편소설

초판 1쇄 찍은 날 § 2016년 6월 30일
초판 1쇄 펴낸 날 § 2016년 7월 7일

지은이 § 니콜로
펴낸이 § 서경석

편집책임 § 조현우

펴낸곳 § 도서출판 청어람
등록번호 § 제387-1999-000006호
등록일자 § 1999. 5. 31
어람번호 § 제1-2472호

주소 § 경기도 부천시 원미구 부일로 483번길 40 서경B/D 3F (우) 14640
전화 § 032-656-4452 팩스 § 032-656-4453
http://www.chungeoram.com
Email § chungeorambook@daum.net

ISBN 979-11-04-90877-4 04810
ISBN 979-11-04-90396-0 (세트)

# GAME OF GOETIA

## 13

니콜로 장편소설

FUSION FANTASTIC STORY

# 마왕의 게임

도서출판 청어람

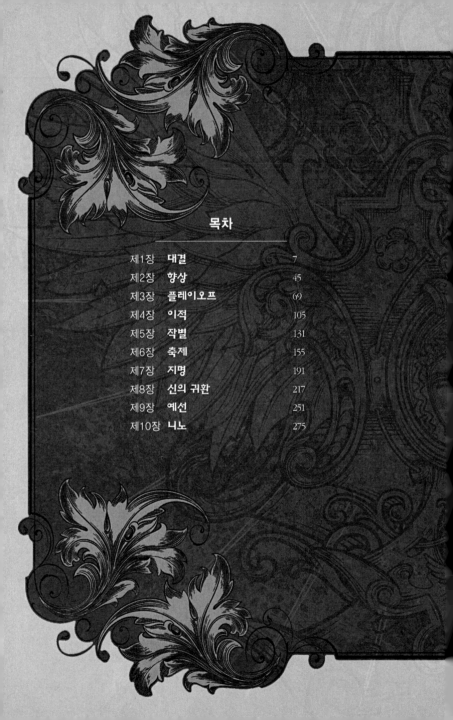

# 목차

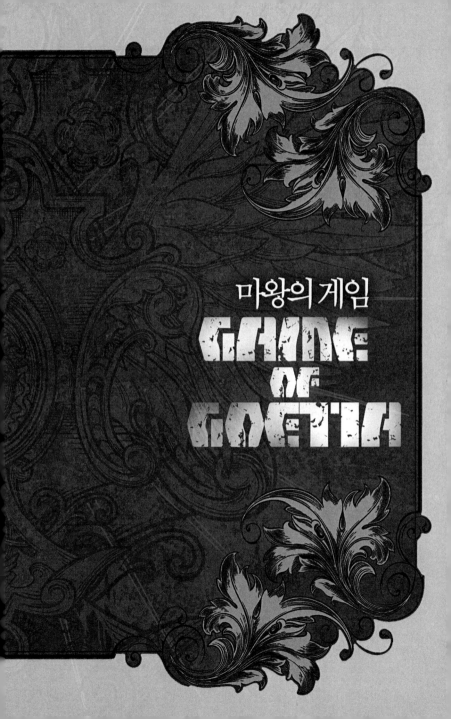

# 제1장

## 대결

　밴쿠버에서의 휴가는 그렇게 지나가 어느덧 마지막 날이 되었다.

　이신으로서는 퍽 오랜만에 느껴보는 한가한 나날이었다.

　아무것도 하지 않고 시간을 보낸다니.

　늘 쉬지 않고 무언가를 해야 했던 이신은 이 시간 낭비가 불안해지기까지 했다.

　그런 이신을 여기저기 데리고 놀러 다니는 주디는 좀 여유를 가지라고 핀잔을 했다.

　한편 게임 중독 소년들도 즐거운 시간을 보냈는데, 특히 폭스 게이밍과의 3대 3 대결은 가까스로 승리했다고 했다.

　"아마드 부티아가 꽤 강적이긴 하더라고요. 근데 제가 이겼으니 저도 월드 클래스라는 뜻이죠?"

"마음대로 생각해."

전미 프로리그를 주름잡는 아마드 부티아는 존과 장양을 상대로 2킬을 했지만, 차이를 상대로는 장기전 끝에 패배했다고 한다.

그 뒤로는 차이가 3킬을 달성하여 역전승.

그쪽도 꽤나 분해하는 눈치라고 한다.

그렇게 휴가를 보내다가 마침내 밴쿠버SCC와 약속했던 스크림이 다가왔다.

"복귀하기 전에 감각을 다시 끌어 올리는 계기로 갖는 연습 시합이니 다들 적당히 긴장감을 가지고 임하도록 해."

"네!"

의욕이 충만한 제자들.

이신 일행은 함께 밴쿠버SCC의 연습실을 방문했다.

"어서 오십시오."

"카이저, 오랜만에 뵙는군요."

"우승 축하드립니다. 조만간 월드 SC 그랑프리에서도 뵙겠군요."

밴쿠버SCC의 관계자들이 우르르 나와 이신 일행을 반겨주었다.

단장, 감독, 수석코치 등등 관계자들에게 둘러싸인 이신은 계속 그들과 인사를 주고받아야 했다.

정신없이 인사를 나누다가 마지막에 이신이 만난 사람은 존 패트릭 코치였다.

"저희 초대에 응해주셔서 감사합니다. 휴가 중이시라 저희가 실례를 한 게 아닌가 싶군요."

"괜찮습니다. 우리에게도 좋은 경험이 될 겁니다."

사실 세계 e스포츠의 절대자인 이신만 아니면, 캐나다 최고 명문팀인 밴쿠버SCC가 어디 가서 아쉬운 소리를 할 일은 없었다.

"하하, 그럼 다행입니다. 그런데 그보다 깜짝 놀랐습니다."

"무엇이 말입니까?"

"영어를 굉장히 잘하시는데요? 전에는 레벨린 양이 통역을 해주셔야 했었는데."

그러고 보니 다들 깜짝 놀란 시선으로 이신을 바라보고 있었다.

특히나 주디는 눈이 휘둥그레져 있었다.

늘 한집에 붙어 지냈는데 언제 이신이 저런 영어 회화 실력을 터득했는지 모르겠다는 표정이었다.

당연하지만 나폴레옹에게 선물받은 통역 반지의 힘이었다.

갑자기 영어를 잘하면 남들이 이상하게 생각할 수도 있겠지만, 이신은 그딴 건 상관하지 않았다.

이렇게 편리한 물건이 있는데 안 쓸 이유가 없지 않은가?

"열심히 공부했습니다."

"발음도 좋고 훌륭합니다. 이거 우리에게는 희소식인데요."

"희소식?"

"우리 팀에 오려고 열심히 영어를 한 거 아닙니까? 하하하."

이신도 따라 웃었다.

'밴쿠버도 나를 노리는 모양이군.'

온갖 관계자가 전부 나와 환대하는 모습이나 여러 가지로 느낌이 왔다.

"잠깐 따로 얘기 좀 하시겠습니까?"

문득 존 패트릭이 물었다. 이신은 기꺼이 고개를 끄덕였고, 두 사람은 복도에서 이야기를 나눴다.

자판기에서 음료수를 뽑아 건네며, 존 패트릭이 말했다.

"3세트에 나와 주실 수 있겠습니까?"

"이번 스크럼 말입니까?"

"그렇습니다."

"이해할 수가 없군요."

"우리 팀의 맥 존스와 겨뤄주셨으면 좋겠습니다."

"맥 존스?"

이신은 맥 존스를 기억하고 있었다.

2년 전에 월드 SC 그랑프리 개인전에서 만났었다. 플레이가 인상 깊어서 이름을 기억해 두었었다.

"손목 부상도 완쾌되어서 재활 후에 복귀했습니다. 승률도 그럭저럭 괜찮고, 제 역할을 다 하고 있지요."

"딱히 상관은 없지만 제가 그 사람과 겨뤄야 할 특별한 이유가 있습니까?"

이에 존 패트릭은 한숨을 쉬며 말했다.

"맥에게 카이저의 실력을 보여주셨으면 좋겠습니다. 그게 맥에게 큰 자극이 되었으면 합니다."

이신은 어깨를 으쓱했다.

"좋습니다. 굳이 거절할 이유는 없습니다."

"감사합니다."

존 패트릭과 이야기를 끝낸 이신은 연습실로 돌아와 밴쿠버 SCC의 선수들과 대화를 나눴다.

다들 이신의 영어 실력에 깜짝 놀란 눈치였다.

"카이저."

등 뒤에서 누군가가 불렀다.

돌아보니 어딘가 낯이 익은 백인 사내였다.

"이런, 날 기억 못하나 보네. 역시 가해자는 금방 잊어버린다니까."

"맥 존스?"

"오, 이름은 기억하는군."

맥 존스는 씨익 웃으며 손을 내밀었다. 이신은 기꺼이 악수를 해주었다.

큰 체격에 짙은 갈색 머리칼, 전체적으로 밝은 인상의 백인 청년.

이신은 맥 존스의 얼굴 같은 건 기억나지 않았다.

인상 깊었던 플레이만 기억할 뿐이었다.

"다시 복귀해서 정말 다행이야."

"그쪽도 손목 부상이 있었다고 들었다."

"너만큼은 아니지. 그냥 가벼운 관절염이었어. 와, 이렇게 다시 붙을 수 있게 되다니 꿈만 같은데. 제발 오늘 너랑 붙게 되었으면 좋겠어."

맥 존스는 들떠 있었다.

이신을 다시 보니 과거의 추억이라도 떠오른 모양이었다.

친근한 말투로 보아, 비슷한 나이의 선수라는 데에 동질감이라도 느끼는 모양이었다.

몇 마디 이야기를 주고받다가 돌아선 이신은 주디에게 다가갔다.

"스마트폰 있지?"

"그게 없는 사람은 이 세상에서 선생님뿐이에요."

"VOD를 하나 봤으면 좋겠어."

"어떤?"

"맥 존스의 가장 최근 경기."

"알았어요."

주디는 자신의 스마트폰을 꺼내 캐나다 프로리그의 지난 경기 영상을 검색했다.

맥 존스의 최근 경기들이 보였는데, 그중 상대 종족이 인류였던 경기 VOD를 재생했다.

"여기요."

"고마워."

"헤헤, 뭘요."

스크림이 시작되었다.

존 패트릭 코치가 맵의 순서를 알려주었고, 이신은 맵에 따라 출전 순서를 배당했다.

1세트는 주디, 2세트는 존, 4세트는 차이, 5세트는 장양으로 정했다. 3세트는 존 패트릭 코치의 부탁대로 자신이 나서기로 했다.

1세트, 주디는 같은 인류 플레이어와 대전했다.

인류 대 인류전은 주디의 특기였다.

하지만 상대는 2항공 빌드를 통해 기습적으로 스텔스 전투기를 뽑았다.

덕분에 계속해서 상대의 스텔스 전투기 폭격에 휘둘린 주디는 계속해서 한 박자씩 상대보다 움직임이 늦었다.

'주디가 굼뜨다기보다는 상대가 판단이 빠르군.'

상대는 능숙하게 계속 형세를 바꾸면서 그 흐름을 쫓아오는 주디를 숨 가쁘게 만들었다.

'졌어.'

대략 판정을 내버린 이신은 보고 있던 VOD를 다시 재생시켰다.

'응?'

영상 속의 맥 존스의 플레이를 보며 이신은 고개를 갸웃거렸다.

자신이 알고 있던 맥 존스가 아니었다.

어디서나 볼 수 있는 평범하고 무난한 신족 플레이어였다.

부분적으로 좋은 컨트롤이 눈에 띤다.

형세 판단을 잘하면서 무난하게 지지 않는 플레이를 한다.

병력을 잘 모으고 잘 소비하고 잘 보충한다.

하지만 어딜 봐도 이신이 인상 깊게 보아서 이름까지 기억했던 그 선수의 모습이 아니었다.

기억 속의 맥 존스의 플레이는 황병철을 연상케 했다.

뚫을 수 있는 빈틈을 기가 막히게 잘 찾아내어서 무모하게 뛰어들었다.

무모하다 싶은데 꽤나 높은 확률로 공격을 성공시킨다.

남들이 보지 못하는 빈틈을 날카롭게 잘 포착하기 때문이었다.

영상 속의 맥 존스에게서는 그때의 모습이 전혀 보이지 않았다.

'그랬군.'

이신은 존 패트릭 코치가 왜 그런 부탁을 했는지 대번에 알아챘다.

맥 존스가 정신 차리고 다시 예전의 모습을 되찾도록 충격을 선사하라는 부탁인 것이었다.

이신은 쓴웃음을 지었다.

어제 주디와 했던 대화가 떠올랐다.

자신이 두려워했던 나이가 든 모습이, 어쩌면 맥 존스에게 나타난 것인지도 모른다.

'그렇다면 보여줘야지.'

아주 공격적이고 화려하게 맥 존스를 깨부숴 주겠노라고 이신은 결심했다.

상대가 원하는데 못 들어줄 이유가 없었다.


*             *             *


1세트는 주디의 패배였다.

이어서 2세트에 출전한 존도 그리 좋은 성과를 거두지 못했다.

상대는 괴물 플레이어.

존이 가장 잘하는 괴물전이었다.

존은 자신의 장기인 병영 체제를 유감없이 펼쳤다.

여기저기서 화려한 보병 컨트롤이 발산됐다.

하지만 상대는 방어에 자원 투자를 하며 충분히 안전을 기하는 모습이었다.

방어에 쓰는 자원만큼 손해인 셈이지만, 상대는 어떻게든 안전하게 싸움을 장기전으로 끌어내기만 하면 자신 있다는 태도였다.

'존의 약점을 노리는 건가.'

싸움이 후반에 접어들면서, 존은 병영 체제에서 기갑 체제로 전환했다.

하지만 체제가 전환하고서 존은 아까처럼 적극적이지 못했다.

"기갑 체제만 되면 방어 일변도로 바뀌어 버리네요."

차이가 말했다.

주디도 고개를 갸웃거렸다.

"좀 더 압박을 넣어서 숨도 못 쉬게 만들어야 하는데."

주디도 동생을 걱정하는 모습이었다.

형세는 이제 거꾸로 괴물이 존을 공격하는 것으로 바뀌었다.

존은 초반에 압박을 가하여 얻은 이득을 제대로 살리지 못하고 자꾸만 질질 끌려 다녔다.

결국 존은 방어선을 돌파당해 GG를 선언했다.

"죄송해요."

존은 고개를 숙인 채 사과했다.

"잘하고 못하는 게 지나치게 뚜렷한 네 약점은 너무 커서 보완할 방법도 없어. 근본적으로 그 문제를 고치지 못하면 프로게이머로서도 오래 가지 못할 거야."

"네……."

스코어는 2─0.

레벨린 남매가 줄줄이 패배하는 바람에 단숨에 패배 직전에 몰렸다.

이신은 자신의 전용 장비를 세팅하기 시작했다.

상대측에서는 맥 존스가 준비하고 있었다.

맵은 비상(飛上).

2인용 맵으로 스타팅 포인트가 5시와 7시인 특이한 구조였다.

맵의 중앙은 층층이 계단처럼 이루어진 높은 구릉 지형이 있으며, 6시는 강물로 둘러싸인 섬인데, 섬 안에 식량 자원과 광물 자원이 매장되어 있다는 점이 또한 독특했다.

맵 전체를 보면 데칼코마니처럼 좌우가 균등하게 자원이 분포되어 있기 때문에, 결정적인 자원 다툼은 동서 진영의 중간에 있는 이 6시 섬을 누가 차지하느냐로 갈렸다.

'요즘은 신족이 6시를 먼저 가져가는 편이었지.'

예전에는 6시 섬을 놓고 쟁탈전이 벌어졌지만, 최근에는 신족이 먼저 가져가는 편이었다.

앞마당 다음에 2번째 확장 기지를 이 섬에 짓는 게 일반적인 패턴이었다.

오랫동안 쓰였던 맵인 만큼, 이신은 이 비상의 지리를 구석구석 꿰뚫고 있었다.

이 맵의 최고 승률과 최다승 세계 기록을 보유한 사람도 바로 이신이었다.

게임이 시작되었다.

이신은 병영을 짓고서 앞마당에 확장 기지를 빠르게 구축했다.

이를 정찰로 확인한 맥 존스는 광신도 1명을 찔러서 견제를 시도했다.

그러나 이신은 통제사령부·병영·군량고를 연결시켜 지으면서 완벽한 심시티를 구축했다.

광신도는 이리저리 기웃거리며 노려보았지만 빈틈이 없어서 소득 없이 물러나야 했다.

하지만 맥 존스는 조금 후에 거신병기 4기를 대동하고 다시 나타났다.

                    *           *           *

   맥 존스가 끌고 나온 병력은 거신병기 4기와 광신도 1명.

   참호를 건설하고 안에 보병 4명을 집어넣은 이신은 기동포탑 1기를 생산했을 무렵이었다.

   위험을 감지한 이신은 건설로봇 4기를 참호 주변에 대기시켜 놓았다.

   '광신도를 총알받이로 던지면서 공격 들어올 수도 있다.'

   예전에 맥 존스가 잘하던 플레이였다.

   광신도를 던져서 참호 속에서 공격하는 보병들의 총알을 몸으로 받게 한다.

   그 틈에 거신병기들이 같이 들어가서 뒤에 있는 기동포탑을 일점사로 잡아내는 전술 말이다.

   초반에 첫 생산된 기동포탑이 잡혀버리면 신족에게 페이스를 빼앗기게 된다.

   게다가 맥 존스는 기동포탑 1기로 그치지 않고, 계속해서 건설로봇들까지 다수 잡아낼 정도로 저돌적인 플레이가 가능한 선수였다.

   사거리 업그레이드가 된 거신병기들이 먼 거리에서 참호를 두들기기 시작했다.

   —펑! 펑펑! 펑!

   참호 속에 들어간 보병의 사거리로 닿지 않는 아슬아슬한 거리.

인류 측은 기동포탑의 포격모드 개발이 완료될 때까지 일방적
으로 얻어맞는 수밖에 없었다.

이신은 건설로봇들로 하여금 타격 받고 있는 참호를 수리했
다.

긴장감이 흘렀다.

언제 맥 존스가 광신도를 던지며 달려들지 몰랐다.

마침내 맥 존스가 본색을 드러냈다.

—투타타타타!

광신도가 앞장서서 달려든다.

거신병기들도 뒤따라 달려든다.

이신은 재빨리 거신병기들의 타깃인 기동포탑을 뒤로 뺐다.

그런데 맥 존스는 기동포탑을 노린 게 아니었다.

참호를 수리하던 건설로봇을 계속 일점사하여서 1기씩 터뜨리
는 것이었다.

1기, 2기, 3기……

총알받이였던 광신도가 죽자 거신병기들은 뒤로 물러나면서,
무빙 샷으로 또 1기를 터뜨렸다.

"오, 좋다!"

"피해 꽤 줬는데?"

밴쿠버SCC 측 선수들이 맥 존스의 플레이에 손뼉을 치며 기
뻐했다.

하지만 다음 순간, 이신의 귀신같은 플레이가 펼쳐졌다.

포격모드 개발이 완료됐다는 안내음이 뜨자마자, 이신은 기동

포탑을 포격모드로 전환시켰다.

동시에, 참호 안에 있던 보병들을 꺼내 거신병기들을 쫓아가 공격했다.

—퍼어엉!

기동포탑의 포격과 보병 4명의 사격에 거신병기 1기가 죽었다.

기동포탑의 포격 사거리 밖으로 물러나기 직전에 벌어진 간발의 차의 일격이었다.

"우와! 하나 잡아서 만회했어."

"이렇게 되면 성과가 애매한데?"

"저 틈에 어떻게 저런 판단을 하지?"

이번에는 모두가 감탄한다.

맥 존스의 강력한 푸시(Push)는 판단의 문제일 뿐, 누구나 흉내는 낼 수 있는 플레이였다.

하지만 거신병기 하나를 잡아내 피해를 만회한 이신의 플레이는 아무나 할 수 없는 감각적인 성질의 것이었다.

포격모드 개발 완료 타이밍에 참호에서 보병들을 꺼내 순간적으로 반격을 하다니?

결과적으로 건설로봇 4기를 잃은 대신 광신도 1명, 거신병기 1기를 잡았으니 큰 차이가 없는 결과였다.

'확실히 변했군.'

싸움을 지켜본 존 패트릭 코치가 생각했다.

방금 전의 전투는 맥 존슨의 태도가 애매했다.

노릴 거면 확실하게 치고 들어가서 기동포탑을 노려야 했다.

들어가다 말고 포기하고 건설로봇을 노렸으니 성과도 미미해진 것이다.

'보다 안정성을 고려하는 게 나쁜 건 아니야. 자칫 잘못하면 더 많은 거신병기를 잃을 수도 있었으니까. 하지만…….'

문제는 저게 본래의 모습이 아니라는 것이다.

처음부터 안정적인 플레이를 지향하던 선수였다면 별문제 없다.

하지만 예전의 맥 존슨은 저런 상황에서 저렇게 머뭇거리는 선수가 아니었다.

그렇게 한차례의 공방이 끝난 뒤에는 다시 국면이 순탄하게 흘러갔다.

양측은 서로 자신이 생각한 전략에 맞게 테크 트리를 올리며 운영에 힘썼다.

그렇게 잠잠하게 흘러가나 싶었다.

맥 존스가 2번째 확장 기지를 가져가려고 움직일 때, 이변이 발생했다.

6시 섬에 2번째 확장 기지를 구축하려고 했던 맥 존스.

그러기 위해 수송기를 생산하고 신도를 태워서 섬으로 날려 보냈다.

하지만 수송기가 섬에 이르기도 전에,

'응?!'

맥 존스는 깜짝 놀랐다.

스텔스 전투기 1기가 떡하니 기다리고 있었다.

그가 확장을 하려고 움직이는 타이밍에 맞춰서, 이신은 스텔스 전투기를 뽑아 보내놓은 것이다.

6시 섬으로 향하는 해상에서 마주친 수송기와 스텔스 전투기.

스텔스 전투기가 공격했다.

'큭!'

다급히 U턴!

스텔스 전투기가 도주하는 수송기를 쫓아오며 계속 미사일을 발사했다.

'안 돼, 제발! 조금만 더!'

하지만 결국,

—퍼어엉!

수송기는 아군 진영에 이르기 전에 격추당하고 말았다.

"와아!"

"저기다가 전투기를 대기시켜놨네."

"꼼꼼한데."

지켜보던 선수들과 코치들이 감탄했다.

불의의 기습으로 맥 존스는 2번째 확장이 늦춰지고, 수송기까지 잃는 피해를 받았다.

하는 수 없이 섬 지역은 포기하고 2번째 확장 위치를 9시 지역으로 바꿨다.

이는 이신의 의도대로였다.

항공수송선을 이용하지 않고서는 공격할 수 없는 까다로운 6시 섬이 아닌, 다른 지역에 확장을 하게끔 강요한다.

그러면 맥 존스의 모든 진영이 지상군으로 타격 가능하게 되는 것이다.

일단 6시 섬을 주지 않는다는 첫 번째 전략적 목표는 달성되었다.

"웬만해서는 공격받지 않는 섬에서 안정적으로 자원 캐는 게 신족의 가장 흔한 패턴이었는데 그걸 차단시켰어."

차이가 말했다.

옆에서 존이 물었다.

"그냥 확장 늦게 가져가게 견제한 건가? 아니면 의도가 따로 있는 건지 모르겠네."

"맥 존스가 스텔스 전투기 때문에 겁먹어서 좀처럼 섬을 가져갈 생각을 못 하게 됐잖아."

차이가 설명했다.

"섬 확장 기지에서 안전하게 자원이 유입되면, 신족이 항공모함을 생산하는 빌드 오더를 자주 선보이곤 해. 저 맵이 항공모함 쓰기가 좋거든."

언덕이나 바다 등 지상 유닛의 이동을 제한된 지형일수록 항공모함 같은 비행 유닛이 활약하기 좋다.

지상 유닛이 쫓아올 수 없는 곳으로 피신하면서 치고 빠지기로 피해를 입힐 수 있기 때문.

다만 항공모함은 신족의 최종 테크 트리에 있는 가장 강력한 유닛. 때문에 그만큼 1척을 생산하는 데만도 엄청난 자원이 요구된다.

풍부한 자원 공급이 없으면 항공모함을 쓰기가 힘들다.

"아, 섬이 없으니까 선생님의 고속전차에 견제받아서 자원 공급에 차질이 빚어질 수 있구나."

"그렇지. 그러니까 맥 존스도 항공모함보다는 지상군에 더 집중할 거야."

지상군 대 지상군의 대결.

그렇게 판이 짜이면, 이신이 자신의 특기 중 하나인 고속전차를 쓰기가 좋아진다.

빠른 기동성, 지뢰, 값싼 생산 단가.

만약 맥 존스가 항공모함을 생산한다면 이에 맞서 기계보병을 뽑아야 하지만, 지상군 싸움이 된다면 고속전차가 100% 활약하게 되는 것이다.

"자, 봐봐. 이제 시작된다."

차이가 이신의 개인 화면을 가리켰다.

확장 기지 건설을 위해 9시 지역으로 신도를 보낸 맥 존스.

그런데 그때, 맵을 빠르게 가로지르는 2기의 유닛이 있었다.

바로 고속전차.

이신의 고속전차 견제 플레이가 본격적으로 시동이 걸린 것이다.

―펑!

―으악!

고속전차 2기는 9시로 향하던 신도를 깔끔하게 사살해 버렸다.

맥 존스의 표정이 좋지 않았다.

확장 시도가 또다시 커트당한 것이다.

확장 타이밍은 한 번 늦춰질 때마다 자원 손해가 발생한다.

한 번도 아니고 두 번이나 끊겼으니 피해가 크게 누적된 셈이었다.

맥 존스는 이를 악물었다.

이번에는 신도와 함께 다수의 거신병기도 대동시켰다.

길목에 지뢰가 있을지 모르므로 정찰기도 딸려 보냈다.

하지만,

—퍼엉!

—으악!

또다시 신도가 죽어버렸다.

고속전차들이 추가로 달려와서 위아래 양방향으로 덮친 것이다.

거신병기들과 싸우지는 않고, 신도만 쏙 빼먹듯이 사살해 버리고는 썰물처럼 빠졌다.

3번째 커트!

"와아!"

"아, 너무 안 좋은데."

"카이저의 페이스에 말려들었어."

"나 저렇게 계속 카이저에게 털리다가 제대로 싸워 보지도 못하고 GG 친 경기 많이 봤어……."

그러는 동안 이신은 이미 2번째 확장 기지를 잘 구축하고 있었다.

신족이 인류보다 확장이 늦다.

이건 신족이 아주 불리해졌다는 뜻이었다.

맥 존스는 속이 끓어오르는 것을 꾹 참았다.

'침착해야지. 천천히 따라잡자.'

일단은 병력들을 전진 배치해서 고속전차가 침투해올 수 있는 경로를 원천봉쇄했다.

그러면서 신도를 다시 9시로 보냈다.

하지만 맥 존스는 몰랐다.

방금 전에 3번째로 커트당했을 때, 고속전차들이 모두 도망친 게 아니라는 사실을.

9시의 으슥한 구석에 몰래 숨겨놨던 고속전차 1기가 다시 슬그머니 고개를 내밀었다.

9시에 나타난 신도를 그대로 덮쳤다.

—펑!

한 대.

—퍼엉!

—으악!

두 대.

4번째 커트.

"……?!?!"

맥 존스의 멘탈이 무너진 순간이었다.

더 이상 감탄사가 나오지 않았다.

밴쿠버SCC 측의 분위기는 싸늘해졌다.

이신의 고속전차 견제에 심하게 확장을 방해받은 맥 존스의 정신적인 충격이 얼마나 클지 충분히 짐작할 수 있었기 때문이었다.

"잘 참고 어떻게든 견뎌야 하는데."

"9시 확장하고 섬도 가져가면 해볼 만해져."

"스텔스 전투기 때문에 지금 섬은 가져갈 엄두를 못 내고 있잖아."

"또, 또 간다!"

한 무리의 고속전차가 맵을 시계 방향으로 크게 돌며 맥 존스의 진영으로 접근했다.

그러나 9시로 향하는 길목은 이미 당할 대로 당한 맥 존스가 거신병기들을 세워놓아 지키고 있었다.

고속전차들은 그냥 물러서지 않고, 지뢰를 매설하고 치고 빠지며 거신병기들을 자극했다.

맥 존스는 거신병기들을 침착하게 컨트롤했다.

매설한 지뢰를 즉시 일점사해 제거하고 고속전차를 하나둘 격파했다. 기본적으로 정면 대결로는 고속전차가 거신병기를 이기지 못한다.

하지만 자꾸만 치고 빠치며 싸움을 거는 이유는 간단했다.

맥 존스의 이목을 돌려놓기 위함이었다.

그러고 있는 틈에, 항공수송선 1척이 유유히 날아와 맥 존스의 본진에 침투한 것이다.

항공수송선에서 고속전차 4기가 내렸다!

"와!"

"또!"

"카이저가 발동 걸렸어!"

고속전차 4기는 가파른 스피드로 달려와 본진에서 자원 채집을 하던 신도들을 테러했다.

신도들은 줄줄이 대피.

고속전차들은 지뢰를 여기저기 매설하며 본진을 휘젓고 다녔다.

그나마 맥 존스는 신속하게 병력을 동원해 테러를 진압했다.

하지만 또 다른 고속전차들이 다른 경로로 파고들어, 9시로 향하고 있었다.

그 길목을 막고 있는 신족의 병력이 있었지만, 무시하고 강행 돌파했다.

4기 중에 2기가 격파 당했지만, 나머지 2기는 간당간당한 체력을 유지한 채 통과하는 데 성공했다.

그 2기는 9시로 쏜살같이 향했다.

'안 돼!'

맥 존스는 마음속으로 비명을 질렀다.

신도가 2번째 확장 기지를 짓기 위해 9시에 거의 다다른 때였다.

이번에도 커트당하면 5번째!

이러면 정말 아무것도 못 해보고 지게 된다. 확장을 방해받아서 졌다는, 머저리 같은 패배를 당한다.

고속전차 2기가 신도에게 거의 다다랐다.

―파앗!

―퍼엉!

―으악!

세 가지 효과음이 거의 일시에 울려 퍼졌다.

신도는 고속전차들에게 공격받아 죽었다.

하지만 가까스로 그 전에 9시 지역에 대신전을 소환하는 데 성공했다.

신족은 건물을 소환하는 방식으로 짓기 때문에 이대로 놔둬도 건물이 저절로 완성된다.

"아!"

"저건……!"

그런데 다들 안타까워한다.

왜냐하면 너무 다급했던 나머지 대신전 위치가 어긋났기 때문이다.

자원과 최대한 가까이 지어야 자원 수급이 원활해지는데, 실수로 한 칸 더 멀리 지은 것.

그 사실을 알아챈 맥 존스는 살아도 산 얼굴이 아니었다.

멘탈이 완전히 붕괴된 듯 넋이 나가 있었다.

게임을 지켜보는 이번 대결의 주선자 존 패트릭 코치도 당황했다.

'이, 이게 아닌데.'

맥 존스가 충격받고 반성하는 계기가 되었으면 했다.

그 충격이란 게, 플레이하는 시간이 지옥 같게 느껴지는 멘탈 붕괴를 뜻하는 건 아니었다.

*     *     *

잘못 지어진 대신전.

하지만 맥 존스는 하는 수 없이 그대로 9시 확장 기지를 구축했다.

그렇지 않아도 이미 많이 불리해진 상황.

더는 확장이 지체되어서는 안 된다는 판단이었다.

건설을 취소하고 다시 지으면 자원 손해가 더 심해진다.

당장 본진의 자원이 바닥나고 있는 마당이라 취소하고 다시 지을 엄두가 나지 않은 것이리라.

'이럴 때일수록 자신의 장기였던 수송기 활용이 나와야 하는데!'

스승격인 존재인 존 패트릭 코치는 맥 존스의 위축된 플레이가 답답했다.

별것도 없었는데 그냥 불리해져 있다.

이신으로서는 실패해도 그만이라는 식으로 가벼운 잽을 여러 번 넣었을 뿐이다.

문제는 그 잽이 너무 아프게 꽂혀 들었다.

고속전차의 견제만 받다가 어느새 이기기 어려운 형상이 됐다.

이럴 때일수록 맥 존스는 예전의 스타일을 발휘해야 한다.

수송기를 최대한 활용한 공격적인 플레이 말이다.

철갑충차나 대사제를 수송기에 태워서 상대 진영에 테러를 가해 똑같이 보복해야 한다.

강력한 확산 데미지를 발휘하는 철갑충차나, 전격 마법을 쓰는 대사제처럼 예측불허의 변수를 일으키는 유닛을 활용하면서 시간을 벌어야 한다.

예전의 맥 존스였다면 이 상황에서 분명히 수송기를 활용해 변수를 만들어내려 했을 터였다.

하지만,

'아까 이신이 보여준 스텔스 전투기 때문에 겁먹어서 수송기를 못 쓰고 있구나!'

이신이 스텔스 전투기를 보여준 것은 이런 점까지 노린 신의 한 수였는지도 모른다.

'스텔스 전투기 1기 때문에 겁먹고서 수송기를 못 쓰다니.'

존 패트릭 코치는 답답해졌다.

'맥, 제발 깨달아라. 기억해봐. 2년 전에 월드 SC 그랑프리에서 카이저에게 졌을 때도 이렇게 무참하지는 않았어.'

그땐 이렇게 일방적이지 않았다.

비록 패배했지만 좋은 승부였다.

하지만 지금은 그냥 압도적이고 일방적이다. 아무것도 못해보고 패배하기 직전이다.

그 이유를 깨달아야 한다. 존 패트릭 코치는 그러길 바랐다.

*        *        *

'역시 선생님은 참 대단해.'

존은 이신의 손에서 펼쳐지는 우아한 플레이를 보며 넋을 놓았다.

제자이기 이전에 열렬한 팬이었다.

자신을 팬으로 만들었던 그때 그 플레이가 지금 펼쳐지고 있었다.

고속전차들이 계속 움직인다.

맵 곳곳에 지뢰를 매설해 시야를 밝혀놓고, 지뢰를 다 매설한 고속전차는 항공수송선에 태워서 맥 존스의 영역에 침투시켰다.

동서로 나뉜 양측 진영.

맵 서쪽을 차지한 맥 존스는 이신의 고속전차 침투를 허용하지 않기 위하여 모든 육로를 틀어막고 있었다.

하지만 항공수송선을 타고 맵 서쪽 지역에 침투한 고속전차들이 계속 신도들을 테러하고 있었다.

지뢰를 다 쓴 고속전차는 그냥 버려도 상관없었다.

값싼 고속전차는 얼마든지 생산하고 소비할 수 있었기 때문에 지속적으로 견제를 시도할 수 있는 것이었다.

"또 간다!"

"정말 끝이 없어!"

"카이저다운 플레이야."

구경하던 선수들이 치를 떨었다.

고속전차들은 또다시 신도들을 3기나 사살하는 데 성공했다.

테러를 막기 위하여 맥 존스는 급기야 확장 기지마다 캐논포를 설치해야 했다. 저렇게 방어 시설을 건설하는 것 또한 자원 손해였다.

어떻게든 빈틈을 찾아내며 계속 침투해 들어오는 이신의 고속전차!

'맞아, 난 저것에 반해서 인류를 메인 종족으로 택했던 거야.'

2세트에서 유리했던 게임에서 져버린 존은 자괴감에 휩싸여 있었다.

존 스스로도 알고 있었다.

인류 플레이어가 기갑 체제를 잘 못해서야 반쪽짜리도 못 된다는 것을.

그런데 지금 이신의 플레이를 보고 있으니 짜릿한 흥분과 함께 영감을 얻었다.

'그래, 바로 저거야.'

존은 빠른 플레이를 좋아했다.

때문에 느린 기동포탑이 위주가 되는 병력을 잘 다루지 못한다.

신속하고 얼마든지 소모할 수 있으며 컨트롤의 여지가 많은 보병 컨트롤이 취향에 맞았다.

하지만 저렇게 고속전차를 이용한 견제 플레이라면?

'저런 플레이라면 내 취향에도 맞으니까 한번 연습해볼 만하

겠어.'

존은 이신이 보여주는 고속전차 견제 플레이를 유심히 관찰하기 시작했다.

이신은 점점 무서운 성세를 이루기 시작했다.

다수의 기동포탑들이 맵 센터의 높은 지형에 자리 잡고, 그·앞에 건물을 지어서 심시티를 이루었다. 또 그 앞은 지뢰를 잔뜩 깔아서 또 방비한다.

사지(死地).

신족의 병력이 여기를 정면으로 공격해올 경우, 한순간에 전멸해 버릴 터였다.

그 때문에 맥 존스는 계속 시달리면서도 이신이 먼저 자리 잡고 있는 맵 센터로 나오지 못하고 틀어박힐 수밖에 없었다.

어차피 인구수 제한이 있기 때문에 맥 존스도 병력 규모는 따라잡고 있었지만, 그렇다고 전투력이 비등하다는 뜻은 아니었다.

'자원에서 밀리고 있어서 물량 회전력이 없어. 한 번 전투에서 병력을 잃고 나면 다시 보충하기가 어려워. 무엇보다 업그레이드 차이도 점점 벌어지고 있고.'

그랬다.

맥 존스가 전세를 역전할 방법은 전투에서 크게 이기는 것.

하지만 같은 규모의 병력끼리 싸웠을 때, 더 강한 건 단연 인류!

심지어 인류 병력이 유리한 위치에 자리 잡고 튼튼하게 방어선을 구축했는데, 거길 쳐들어가는 것은 자살행위였다.

신족은 이를 병력 생산력으로 극복해야 한다.

하지만 맥 존스에게는 그런 물량 회전을 감당할 자원이 없었다.

그래서 공격을 하지 못하고 있었고, 그러는 동안 공격력·방어력 업그레이드 차이는 점점 벌어졌다.

'선생님은 굳이 먼저 공격을 해야 할 이유가 없구나. 그냥 지뢰를 다 쓰고 필요 없는 고속전차를 투입해서 견제만 해주면서 기다리면 되는 거야.'

맥 존스가 결국은 공격을 시도할 것이다.

그걸 막아내기만 하면 역습을 가서 손쉽게 승리를 따낼 수 있다.

만약 공격해오지 않아도 공격력·방어력이 풀로 업그레이드되는 타이밍에 공격하면 그만이다.

이러나저러나 이신이 먼저 위험을 감수하며 먼저 움직일 이유가 없는 것이었다.

맥 존스의 선택은 아바타였다.

아바타를 이신의 진영에 침투시켜서 소환 마법을 펼치는 것.

업그레이드 차이가 나는 와중에 이신과 정면 승부를 해서는 승산이 없다는 것을 그는 알고 있었다.

마침내 맥 존스의 아바타가 움직였다.

이신의 5시 본진 앞마당을 노리고 아바타가 유유히 비행했다.

중간에 섬 부근에서 대기하고 있던 스텔스 전투기가 쫓아와서 공격을 하기 시작했다.

하지만 아바타는 공격을 받으면서도 계속 이동했다.

그리고 앞마당에 거의 이르렀을 때였다.

―파아앗!

별안간 앞마당 쪽에서 웬 유닛 하나가 총을 발사했다.

그 총탄에 맞자 아바타는 꼼짝달싹 못하고 그대로 정지되어 버렸다.

"첩보원?!"

"봉쇄탄이다!"

"아바타가 올 줄 알고 첩보원을 배치해 놓고 있었어!"

봉쇄탄은 병영에서 생산되는 특수 유닛인 첩보원이 쓰는 기술 중 하나로, 모든 기계 유닛의 기동을 일시 정지시킨다.

아바타의 봉인 마법과 효과가 비슷하지만, 봉인 마법처럼 범위 공격이 아니라 딱 1기만 타깃으로 할 수 있다.

대신 장점도 있다.

봉인 마법에 당한 유닛은 공격을 받지 않지만, 봉쇄탄에 맞은 유닛은 그대로 상대의 공격에 무방비로 노출된다.

봉쇄탄에 맞은 맥 존스의 아바타가 봉쇄탄에 맞고 그대로 멎어버렸다.

쫓아오던 스텔스 전투기가 계속 공격을 퍼부어서 끝내 아바타를 공중 폭파시켰다.

―퍼어엉!

"와아아!"

"진짜 깔끔하다!"

"저 스텔스 전투기 하나로 얼마나 더 이득을 얻는 거야?"

아바타를 활용한 소환 공격이 좌절되자 맥 존스는 반쯤 자포자기가 되었다.

신족의 모든 병력이 맵 센터 지역을 향해 우르르 뛰쳐나왔다.

그래도 대사제가 있기 때문에 전격 마법만 잘 들어가면 혹시 모른다.

혹은 아바타의 봉인 마법이 잘 들어가서 엄청난 숫자의 기동 포탑을 묶어둬도 가능성이 있다.

변수를 최대한 노리는 것이었다.

맥 존스가 승부수를 띄웠을 때, 이신도 동시에 움직였다.

고속전차 무리가 질풍처럼 달려왔다.

그들은 자객처럼 병력 무리 틈에 끼어 있는 대사제를 저격했다.

―크아악!

대사제 1명이 죽었다.

고속전차는 빠졌다가 다시 치고 들어가는 무빙으로 또 한 명의 대사제를 공격했다.

―크아악!

대사제 2명 사살!

고속전차들도 사방에서 쏟아지는 거신병기들의 공격에 상당수 격파됐지만, 대사제와 맞바꿨으니 엄청난 이득이었다.

밴쿠버SCC의 연습실에 전율이 흘렀다.

게임의 신 카이저!

e스포츠의 살아 있는 신화가 된 남자의 플레이였다.

시종일관 끝없이 좌절당한 맥 존스는 멘탈이 완전히 나가 버렸다.

대사제들이 암살당하자 맥 존스는 다급히 병력을 회군했다.

이신이 마침내 움직였다.

굳건히 맵 센터에서 엎드려 있던 병력들이 일제히 일어나 진군했다.

파죽지세!

업그레이드가 압도적으로 잘 된 인류 군단을 막을 도리가 없었다.

―펑! 퍼엉!

―퍼어엉!

전술위성들이 무력화탄을 쏴대며 신족 유닛들의 배리어(Barrier)를 벗겨 버렸다.

　　　　*　　　　　　*　　　　　　*

맥없이 밀린다.

삽시간에 궁지에 몰린 채, 이신의 병력이 맥 존스의 맵 서쪽 진영의 허리를 끊었다.

무방비 상태가 된 9시·11시 지역이 공격받았다.

'어쩌다가 이렇게 됐을까.'

맥 존스는 이미 자신이 패했다는 것을 알고 있었다.

과거의 모습 그대로의 스타일을 보여주는 카이저.

예나 지금이나 변함없는, 상대를 말려 죽이는 견제 플레이는 악랄하고 집요했다.

그런데 뭔가 이상하다.

맥 존스는 그렇게 무참하게 패배하는 와중에도 의문을 느꼈다.

'2년 전에도 이랬었나?'

맥 존스의 기억에, 2년 전에 월드 SC 그랑프리에서 붙었을 때는 이토록 졌어도 이 정도로 비참한 기분이 아니었던 걸로 기억한다.

'아……!'

맥 존스는 그때와 지금이 뭐가 다른지 깨달았다.

그땐 젊었다.

그래서 더 무모했다.

카이저가 견제를 해오면 이쪽도 지지 않고 견제로 보복하며 경기를 처절한 유혈로 물들었었다.

상대 진영에 대공포가 설치되어 있는데도, 그의 수송선은 무모하게 뛰어들어 병력을 드롭했다.

카이저와 어울려 한바탕 난장판을 만들었었다.

끝내 카이저의 난전 능력을 당해내지 못했지만, 자기 기량을 100% 다 발휘했다는 느낌은 있었다. 그러고도 졌기 때문에 분했던 것이다.

지금처럼 형편없이 깨지는 않았다.

'어쩌다가 내가 이렇게 됐지?'

그땐 그래도 함께 치열하게 싸웠다.

그런데 지금은 카이저에게 농락당한 수많은 선수 중 하나로 전락했다.

'내가 왜 이렇게 약해진 걸까.'

맥 존스는 참담한 기분을 느끼며 GG를 선언했다.

"와아아!"

제자들이 손뼉을 치며 기뻐했다.

이신은 여유 있게 귀에서 이어폰을 빼고 흘깃 맥 존스 쪽을 바라본다.

한동안 넋이 나가 있던 맥 존스는 뒤늦게 자리에서 일어나 이신에게 다가갔다.

그리고 손을 내밀었다.

"내 완패야. 조금의 여지도 없었던 완벽한 패배."

이신은 손을 맞잡고 악수했다.

맥 존스가 계속 말했다.

"다음에 다시 설욕할 기회를 줬으면 좋겠어. 약속할게. 그땐 지금보다 훨씬 재미있는 플레이를 할 테니까."

이신은 피식 웃었다.

"얼마든지."

두 사람은 서로를 보며 웃었다.


그날 스크림은 이신 측의 패배로 끝이 났다.

4세트에서 차이도 승리하면서 스코어가 2—2로 만들어졌지만, 5세트에서 장양이 상대의 깜짝 전략에 휘말려 패배하고 만 것이다.

　심리전에 약한 장양의 약점을 정확히 찌른 밴쿠버SCC의 승리였다.

　"간신히 체면치레를 했군요. 이쪽도 캐나다 최강팀이라는 자존심이 있어서 지면 곤란했거든요, 하하."

　스크럼이 끝나고 작별을 할 때, 존 패트릭은 웃으며 이신에게 말했다.

　"이쪽도 보완해야 할 점을 알게 되어서 의미 있는 시간이었습니다."

　"피차 득이 됐다니 다행이군요."

　존 패트릭 코치는 이신과 악수를 하면서 다시 한 번 말했다.

　"정말 감사합니다. 덕분에 원했던 바를 달성한 것 같습니다."

　이신은 흘깃 뒤에 있는 맥 존스를 바라보았다.

　그러고는 피식 웃었다.

　흥미로운 플레이를 하는 적수가 늘어난다면, 얼마든지 환영이었다.

# 제2장

## 향상

　한국에 돌아온 이신은 지수민 부사장에게 자신의 의사를 전했다.

　"역시 해외 진출로 마음을 정하신 건가요?"

　"예."

　"아쉽네요. 이대로 함께하면서 팀을 세계 정상으로 끌어 나가는 것도 하나의 길이라고 생각했는데요."

　"죄송합니다."

　"호호, 사과받자고 한 말은 아니에요. 사실은 저도 고민하던 일 중 하나였어요."

　지수민은 웃으며 말을 이었다.

　"세계 제일의 카이저라는 달콤한 과실로 지금까지 e스포츠 사

업 측면에서나 팀의 인지도 측면에서나 놀라운 성과를 거두었어
요."

"다행입니다."

"또한 신님은 우리를 위해 많은 성과를 내주셨어요. 신님 덕분
에 많은 훌륭한 선수가 신생팀인 우리에게 와주었고, 전략 팀도
가장 먼저 성공적으로 도입했죠. 이대로 신님을 계속 붙잡고 있
다면 앞으로도 그 과실을 계속 얻을 수 있을 테지요."

"……."

"그래서 저도 고민이 많았어요. 원하신다면 세계 유수의 팀의
오퍼에 맞먹는 연봉을 지불할 생각도 있었고요. 그만한 대가를
지불한다 해도 손해를 보지 않을 자신이 있거든요."

그녀의 사업 수완이라면 충분히 가능할 터였다.

하지만 그녀의 결정은 그것이 아니었다.

"하지만 역시 보내드리기로 했어요. 이유는 여러 가지가 있는
데, 첫째로는 신님께서 돈을 바라고 떠날 결심을 하신 게 아니라
는 점."

"사실입니다."

"그리고 둘째는 더 이상 신님에 의존해서는 진정한 팀의 자립
이 되지 않는다는 점이 있고요."

올도어SCC는 마케팅이나 인지도 측면에서 이신에 의존하는
면이 강했다.

덕분에 신생팀임에도 불구하고 최고의 인기를 구가하게 되었
다.

하지만 이대로 계속 이신과 함께 할수록 의존도는 커질 것이다.

그리고 이신은 언젠가는 은퇴한다. e스포츠의 특성상 그리 먼 훗날의 일이 아니다.

이신이 무대에서 사라졌을 때 팬들이 느낄 공허감은 그만큼 더 커질 터.

그렇다고 은퇴한 사람을 가지고 계속 각종 이벤트를 하며 마케팅에 써먹는 것도 구차해 보이기만 할 뿐이었다.

차라리 신생팀으로 무패행진의 돌풍을 일으키고 있는 지금 일찌감치 그를 보내는 편이 장기적인 시각에서는 옳을지도 모른다.

"그래서, 어느 팀으로 갈지는 생각해보셨나요?"

"팀에 가장 이득이 되는 방향으로 결정하겠습니다."

이신의 말에 지수민 부사장은 활짝 웃었다.

"신님의 의사를 최대한 반영할게요. 결정되면 말해주세요. 이미 이적 시즌을 앞두고서 물밑 접촉이 수없이 오고 있거든요."

"예."

그렇게 상담이 끝나고서는 선수들과 함께 훈련에 들어갔다.

이제 프로리그 3라운드 시작이 코앞이었다.

\*　　　　\*　　　　\*

모든 선수들이 3라운드 1경기를 대비하여 훈련을 시작했는데,

이신은 전략 팀에 특별한 오더를 내렸다.

"맞춤 훈련 프로그램을 짜봐."

"맞춤 훈련?"

전략 팀장 박진수가 의아함을 표했다.

이신은 USB메모리 스틱을 건네며 설명했다.

"밴쿠버SCC랑 스크림 한 리플레이 파일이야. 3—2로 졌는데 주다나 존이나 장양이나 자기 단점이 모두 뚜렷하게 드러난 패배라 좋은 경험이었어."

"그러니까 단점을 보완하는 방향으로 맞춤 훈련을 짜보란 말이지?"

"어. 다른 선수들도 마찬가지고. 3라운드 중에 바로 성과를 볼 수 있게."

"알았어, 한번 해볼게."

선수마다 각자 특성에 맞는 개별 훈련을 기획하는 것 또한 전략 팀의 일이었다.

박진수는 기꺼이 이 오더를 받아들였다.

이윽고 전략 팀은 선수들을 한 명씩 불러서 상담을 했는데, 선수 스스로가 생각하는 자신의 장단점과 단점을 극복하기 위한 방안을 들어보았다.

선수 자신의 의견이 최대한 반영되었을 때 더 훈련에 능률이 생긴다는 박진수의 생각이었다.

존의 경우는 약점인 기갑 체제를 극복하기 위해 이신의 플레이를 이식시키도록 했다. 견제 위주의 빠른 템포의 속도전인데,

본인의 의견이 충분히 반영된 것이었다.

주디는 뚜렷한 약점이 없었기 때문에 지금껏 하던 대로 하기로 했다.

상담을 하는 데 상당히 애를 먹은 케이스는 바로 장양이었다.

극도로 낯을 가리던 문제는 다소 나아졌는지 전략 팀 멤버들과 마주하고 있어도 그다지 불안해하지는 않았다.

다만 아무 말도 하지 않을 뿐이었다.

"음, 장양? 우리말은 잘 알아듣는 거지?"

끄덕끄덕.

장양은 고개를 끄덕였다.

이신의 한국 공식전 경기를 관람하고 옆에서 들려주는 리쟈의 통역을 들으며 한국어를 터득해버린 천재적인 재능을 가진 장양.

'저 정도 머리를 가졌으면 솔직히 심리전도 잘할 수 있을 거라고 생각하는데.'

사실 심리전에 약한 장양의 단점은 이전에도 수없이 훈련으로 보완해왔다.

수석코치 최환열이 연습 상대가 되어 수없이 심리전을 걸어서 장양을 패배시켰고, 그 경험을 통해 심리전에 대한 경계심과 디펜스가 늘었다.

덕분에 프로리그 2라운드의 MVP로도 선정될 정도로 맹활약을 했다.

'그런데도 여전히 심리전에서 약점을 보인단 말이지. 무엇이 문

제일까?'

장양은 말이 없었다.

자폐증 병력이 있기 때문에 말을 좀 하라고 강요할 수도 없는 문제.

박진수는 고심했다.

그러다가 문득 떠오른 게 있었다.

"그러고 보니 장양이 먼저 특이한 전략을 시도한 적은 한 번도 없지?"

"어? 그러고 보니 그러네."

"4일벌레 러시도 한 번 한 적 없잖아."

"인공지능 같다고나 할까? 먼저 위험성이 높은 도박은 하지 않으려고 해."

"운영으로 이길 수 있다는 마인드니까. 실제로 2라운드에서 운영으로 다 이겼잖아."

전략 팀의 팀원들이 한마디씩 의견을 냈다.

박진수는 그제야 장양의 근본적인 문제가 무엇인지 깨달았다.

"장양, 내 생각에 너는 늘 상대의 플레이를 보고 맞춰가려 하는 경향이 있어."

"……"

멀뚱히 그 말을 듣고 있는 장양.

박진수가 계속 말했다.

"그러니까 상대로 하여금 네 플레이에 맞춰가게 하지 못한단 말이야."

핵심을 짚은 지적이었다.

장양은 눈을 크게 뜨더니 고개를 끄덕였다. 그렇게 생각해보지는 못했다는 표정이었다.

"그럼 기본적으로 상대에게 페이스를 내주고 시작하는 건데, 그건 사실 심리적으로 굉장히 불리한 출발이야. 너는 심리전에 대한 개념이 잘 안 잡혀 있어서 이를 인식하지 못했을 뿐이지, 늘 불리하게 싸워왔던 거야."

끄덕끄덕.

장양이 고개를 끄덕였다.

"그걸 극복하고도 남을 정도의 네 실력이 놀랍긴 하지만, 솔직히 심리전을 주로 썼던 내 입장에서는 유진영보다 네가 훨씬 쉬운 상대야. 둘 중 한 명과 붙어야 한다면 난 너를 상대로 택할 거야."

장양과 유진영.

실력을 비교한다면 전체적인 역량은 비슷하다 해도, 피지컬과 컨트롤에서 압도적인 장양이 약간 우세였다.

하지만 박진수는 장양이 더 쉬운 상대라고 말하는 것이었다.

"문제는 네가 먼저 어떤 특별한 전략을 시도하지는 않는다는 뜻이야. 그래서 상대는 안심하고 자기가 준비한 전략을 시도할 수 있는 거고."

끄덕끄덕.

"그러니까 훈련은 이렇게 하자. 우선 우리 팀 선수들 중에서 네가 가장 어려운 상대가 누군지 말해봐."

"······."

"아, 말을 못하지. 그럼 내가 물어볼게. 이신?"

뜻밖에도 장양은 고개를 저었다.

연습에서 장양을 가장 많이 이기는 사람은 이신이었다.

심리전으로 속을 가장 잘 긁는 사람도 이신이었다.

그런데도 장양은 이신을 가장 어려운 상대로 꼽지는 않았다.

"그럼 차이?"

끄덕끄덕.

그제야 장양은 동의했다.

"하긴 차이가 가장 완벽하긴 하지?"

"약점이 없는 쪽으로는 차이가 더 낫지."

"이신은 워낙 잘하지만 양날의 검 같은 느낌이 강하니까."

이신과 비교해도 멀티태스킹과 컨트롤에서 밀리지 않는 장양.

오히려 그런 장양의 입장에서는 뚫을 데가 없는 탄탄한 차이가 더 싫은 상대였다.

같이 연습하면 승률은 비등하긴 하지만, 기분의 문제였다.

"이해해. 차이랑 하고 있으면 워낙 디펜스가 세서 칠 데가 없지?"

고개를 끄덕거리는 차이.

"그런 차이를 이기려면 어떻게 해야 할까? 사실 운영 능력으로 따지면 나는 장양 네가 차이에게 밀리지 않는다고 생각해. 피지컬은 더 낫고. 하지만 그것만 가지고는 종족 상성상 괴물로 인류를 이기기 힘들어."

끄덕끄덕.

"그럼 이 영상을 한 번 봐보자."

박진수는 전략 팀 연구실 벽면에 장식된 프로젝터를 통해 영상 하나를 보여주었다.

그것은 차이와 박영호의 개인리그 4강전.

풀 버전은 아니고 하이라이트를 모아놓은 영상이었다.

영상을 보면서 박진수가 부분부분 설명했다.

"1세트에서는 저렇게 쐐기충을 한 번 더 뽑아서 허를 찔렀지. 그리고 3세트에서는 저렇게 철저하게 방어가 된 곳으로 과감하게 그냥 들이받았어. 너라면 저걸 공격했을까?"

장양은 고개를 저었다.

엄청난 물량으로 차이의 철벽 디펜스를 그냥 들이받아 강제로 밀어버리는 박영호.

그걸 가리키면서 박진수가 말했다.

"때로는 저렇게 무모할 줄 알아야 최고가 될 수 있는 거야. 물론 무작정 무모해서야 그냥 꼬라박았다고 욕먹겠지만, 초일류는 때때로 누가 봐도 불가능한 것에서 가능성을 찾아내곤 해."

"……."

초일류라는 말에 장양은 자기도 모르게 두 주먹을 불끈 쥐었다.

박진수는 장양에게 맞춤 훈련 코스를 내렸다.

"오늘부터 한동안 시간 남을 때마다 차이랑 연습 게임을 하도록 해. 차이에게도 말해놓을 테니까."

끄덕끄덕.

"단, 조건이 있어. 져도 되니까 절대 평범하게 하지 않기. 네가 먼저 올인 전략도 쓰고 무모한 공격도 해봐. 연습인데 뭐 어때? 알았지?"

장양은 고개를 끄덕이고는 연습실로 떠났다.

한편, 박진수는 차이를 불러서 장양과 연습 게임을 하도록 일 렀다.

"이신이 떠나가면 한국에서 누가 최고일까?"

"…제가 되고 싶어요."

차이가 대답했다.

박진수는 웃으며 고개를 끄덕였다.

"당연히 그래야지. 근데 그러려면 박영호를 넘어서야지, 안 그 래?"

"맞아요."

차이는 3─0 완패를 당했던 치욕을 떠올리며 이를 악물었다.

"그럼 장양과 틈나는 대로 연습하도록 해. 양이 정도면 박영호 와 비교해도 손색이 없으니까."

"네!"

그렇게 차이에게도 맞춤 훈련을 주문하면서, 박진수는 다른 전략 팀 팀원들에게 물어보았다.

"신이가 없으면, 차이랑 장양 둘 중 누가 후반기 개인리그에서 우승할 것 같아?"

"차이. 첫 출전에 4강까지 가면서 경험도 얻었으니까."

"장양도 해볼 만하지 않겠어? 피지컬 괴물이잖아."

"우승했을 때의 스타성은 차이가 압도적인데. 양이는 다른 것보다 말이 없는 게 문제야."

엇갈리는 의견들을 들으면서 박진수가 말했다.

"누가 됐든지 올해 후반기 개인리그에서 우승을 시켜야 해. 이신의 뒤를 잇는 이 나라 최고의 프로게이머를 우리 팀에서 배출한다. 그게 우리 전략 팀의 올해 목표야."

그 말에 모두들 고개를 끄덕였다.

올해 신생된 전략 팀.

한국 최고의 전략 팀이라는 자부심이 있는 그들은 그 목표에 대한 각오가 결사적이었다.

*　　　*　　　*

하루 일과가 끝나고 이신은 제자들에게 말했다.

"먼저 돌아가."

"어디 가세요?"

주디가 물었다.

"집에."

그 말에 고개를 갸웃거리는 제자들.

그러나 주디는 그 말뜻을 곧바로 알아차렸다.

"부모님 계시는 본가 말씀이시죠?"

"응."

"네, 다녀오세요. 저희는 택시 타고 갈게요."

척척 마음이 맞는 주디.

그녀는 이신이 해외 진출 건으로 부모님과 상의하려 한다는 것을 알고 배려했다.

이신은 롤스로이스 팬텀에 몸을 싣고서 집으로 향하였다.

한 가지 가슴속에 품은 불안.

그것은 부모님이었다.

이제야 겨우 서로 이해하고 타협점을 찾았다.

그런데 이제 그것을 깨고자 한다.

이 나라를 떠나겠다고 말씀드리러 가는 것이었다.


*                 *                 *


늦은 저녁이었지만 어머니는 오랜만에 집에 온 아들을 환영해 주었다.

"어이구, 좀 자주 오지 그러니? 아무리 바빠도 그렇지."

"죄송합니다."

"웬일로 사과를 다 하니? 사람 됐구나."

기특하다는 듯이 이신의 등을 두드린 어머니는 부리나케 먹을 것을 챙겨주기 위해 부엌으로 향했다.

아버지 또한 서재에서 나왔다.

"왔냐."

아버지가 가볍게 말을 건넨다.

"예."

이신도 무뚝뚝하게 대답했다.

드리우는 침묵.

어머니가 다과를 가져올 때까지 부자의 어색한 시간은 계속되었다.

"왜 그러고들 있어요? 이거나 드세요."

부자는 묵묵히 차를 마시기 시작했다.

평생을 봐왔던 광경이건만, 그런 두 사람을 보며 어머니는 한숨을 푹 쉰다.

그때, 아버지가 말했다.

"우승했더구나."

"예."

"축하한다."

"감사합니다."

"우승도 그만큼 했으면 이제 지겨울 때도 되지 않았니?"

"좀 무덤덤하긴 합니다."

"세계 대회에서 금메달도 여러 번 땄고, 돈도 평생 먹고 살 만큼 벌었고, 존경도 받고, 그 정도면 게임으로 이룰 수 있는 건 다 이뤘지?"

"예."

"그럼 굳이 해외 진출을 모색하기보다는 한국에서 계속 하면서 이후의 진로도 함께 모색하는 것은 어떻겠느냐?"

"……"

이미 이신의 해외 진출 가능성 때문에 언론이 떠들썩했으니, 부모님이 모를 리 없었다.

　전 세계에서 이신을 잡고 싶어 하는 상황은 한국 언론을 아주 즐겁게 하고 있었다.

　"누구나 밝게 빛나는 시절은 있지. 하지만 그 순간이 영원하지는 않다."

　"알고 있습니다."

　"아냐, 넌 아직 몰라."

　아버지의 단호하게 말했다.

　"그 밝은 빛에 언제까지 취해 있을 수는 없어. 빛은 잠깐이고 네 인생은 아직 길어."

　"……."

　"죽도록 게임이 좋다고 했었지? 그런데 그런 네 삶의 원동력이 사라져 버린다면, 그때는 어떻게 할 생각이냐? 감독? 코치? 그런 것으로 네 욕구를 충족할 수 있다고 생각하느냐?"

　"잘 모르겠습니다."

　"난 알 것 같구나. 넌 천성적으로 경쟁을 좋아하는 아이야. 언제나 자신이 최고인 것을 좋아했지. 공부도 그랬고, 어릴 적부터 쭉 그랬어."

　"……."

　"감독? 넌 그런 조역에 절대 만족 못 한다. 무대의 뒤에서 바라볼 수밖에 없는 처지일 바에는 차라리 미련 없이 떠날 테지. 그때는 무엇을 할 테냐? 지금부터 차근차근 네 삶의 새로운 동력이 될 만한 일을 개척하는 게 현명하다고 생각되지 않니?"

이신은 침묵을 지켰다.

"그래, 신아. 한국에서 계속 활동해도 문제없잖니? 그랑프리? 거기에 나가면 다른 나라 선수들과도 대결할 수 있고……."

어머니도 조심스럽게 거들었다.

이신은 미소를 지었다.

부모님은 예나 지금이나 한결 같으셨다.

해외 진출을 할 경우에 더 많은 돈을 벌 수 있다는 것 정도는 부모님도 충분히 알 터였다.

하지만 늘 돈보다 더 중요한 가치가 있다고 말씀해 오셨고, 그렇기에 지금도 그렇게 권하는 것이었다.

"아버지의 말씀이 옳습니다."

이신이 입을 열었다.

"그렇기 때문에 고민이 많았고요. 하지만 결국은 타당한 선택보다 그렇지 않은 쪽에 더 마음이 끌리는 건 어쩔 수가 없었습니다. 그 이유는……."

잠시 뜸을 들였다.

그리고 말한다.

"제 인생에서 가장 빛나는 시절은 아직 온 게 아닐 수도 있기 때문입니다."

"지금보다 더 화려한 전성기가 올 거라고 믿는 게냐?"

아버지가 물었다.

이신은 고개를 끄덕였다.

"예, 전 그렇게 생각합니다."

"네 열정과 젊은 날의 패기를 부정하고 싶지는 않다. 하지만 그런 말을 하기에는 이제 네 나이가 이제 적지 않잖느냐?"

만 24세.

한국 나이로 26세.

프로게이머로서 이미 노장이라 불릴 나이였다.

얼마 전에 끝난 2021년 전반기 개인리그에서 이신은 최고령 결승 진출자 및 최고령 우승자라는 한국 기록까지 수립했다.

아직도 저렇게 강할 수 있다는 게 e스포츠계의 미스터리로 여겨질 정도였다.

"그렇게 안전하게 물러서고 싶지 않습니다. 그건 온전한 저의 100%가 아니니까요."

아버지도 어머니도 할 말을 잃었다.

그들의 아들은 아직도 여전히 만족을 모르고 야망에 불타오르고 있었다.

마치 아직 갖지 못한 게 있는 사람처럼…….

아버지는 그런 이신을 빤히 쳐다보다가 이내 웃음을 터뜨렸다.

모두들 놀란 눈으로 그런 아버지를 쳐다봤다.

아버지가 저렇게 웃는 것은 거의 처음 보는 것이었다.

"하하, 이 미친놈. 하하하!"

"여, 여보?"

"그럼 게임해야지. 어디 원 없이 마음대로 해봐라."

"여보!"

어머니가 역정을 냈다. 하지만 아버지는 그런 어머니를 다독이며 말했다.

"소용없어. 저런 놈은 지가 원하는 걸 하지 않으면 안 돼. 끝을 볼 때까지는 누가 말릴 수도 없을 거야. 내가 여태껏 저런 놈한테 게임 관두고 공부하게 하려 했으니 될 리가 있나. 손목이 부러져도 게임을 하는 놈한테 말이야, 하하하."

"이해해 주셔서 감사합니다."

이내 웃음을 그친 아버지가 물었다.

"그런데 하나 궁금한 게 있구나. 그렇게 만족을 모르고 향상심에 불타 있으면서 왜 여태껏 해외 진출을 하지 않고 있었던 거야?"

"그때는……."

이신은 잠시 말을 잇지 못했다. 무언가 말하기를 망설이는 기색이었다.

하지만 이내 답한다.

"그대로 외국으로 떠나 버리면, 그땐 정말 제가 혼자가 될 것 같았습니다."

물론 귀찮은 것도 있었다.

굳이 해외로 가지 않더라도 문제없다고 생각했다.

자신이 있는 곳이 곧 왕좌라고 여겼다.

하지만 무엇보다도 가족이었다.

그때는 자각하지 못했던 그의 마음 한구석에는 부모님과 다시 화해하고 싶어 하는 마음이 있었다.

아버지는 웃으며 말했다.

"가. 가서 너 하고 싶은 것 마음껏 하고 와라. 언제 돌아오든 항상 기다리고 있는 사람이 있다는 걸 잊지 말고."

"네."

이신도 그런 아버지를 보며 웃었다.

어머니는 속상해하셨지만 이내 이신의 등을 두드리며 잘 다녀오라고 격려했다.

그날은 이신의 발목을 붙잡던 마지막 족쇄가 풀린 날이었다.

*         *         *

프로리그 3라운드는 끝을 모르는 이신의 비상이었다.

올도어SCC도 아예 곧 둥지를 떠날 이신에게 몰아주기로 작정을 한 듯했다.

매 경기에 출전하며, 매번 상대 팀 에이스를 저격하는 카드로 쓰였다.

3라운드 첫 상대인 CT를 상대로 출전, 괴물 맵에 출전한 CT의 에이스 이철한을 스텔스 전투기 체제로 잡아냈다.

두 번째 상대는 MBS.

MBS는 선수 리빌딩 실패로 최하위로 추락할 거라는 모두의 예상과 달리 맹활약을 펼쳐 중위권에 자리 잡고 있었다.

하지만 무패가도를 달리는 올도어SCC를 이기기는 무리였다.

수면제 인류라 불리는 김영표는 특유의 안전한 플레이로 장기전을 노렸다.

하지만 일방적으로 견제를 퍼붓는 이신의 십자포화에 조금씩 흔들리기 시작하더니, 끝내 샌드백처럼 난타당해 이신의 명경기 희생양 명단에 추가되었다.

세 번째 상대는 쌍성전자였다.

쌍성전자는 이신이 최영준을 노릴 거라고 예상했다.

최근 이신의 기세가 무서웠기 때문에 쌍성전자는 소위 버리는 카드를 내밀기로 했다.

멋지게 성공.

최영준을 노리고 1세트에 출전한 이신은 1.5군 정도의 인류 플레이어인 박화성과 싸워야 했다.

하지만 이에 보복이라도 하듯이 이신은 핵폭탄을 썼다.

실용성이 없어서 보통은 상대를 조롱하는 세리머니 용도로나 쓰이는 무기였다.

―콰르르르릉!

한 방에 무너져 버리는 확장 기지!

이신은 박화성의 멘탈을 부숴버리려는 듯이 핵폭탄을 계속 날리며 날뛰었다.

그렇게 1승.

버리는 카드로 이신을 상대시키는 데 성공했지만, 처참한 참패로 침울해진 박화성의 멘탈은 쌍성전자도 미처 예상치 못한 사태였다.

핵폭탄을 쌍성전자의 벤치에 떨어뜨린 것이나 다름없었다.

이후로는 사기가 크게 오른 올도어SCC가 계속 몰아붙였다.

사나다 료가 신지호를 꺾는 이변까지 연출하면서 3-1 승리를 거두었다.

네 번째 상대는 화성전자.

이단자 황병철과 이신의 대결이 성사되어서 팬들의 환호성을 받았다.

이신은 패배한 적이 없는 무적의 스텔스 전투기 체제를 꺼내 들었다.

이신과 공중전은 하지 말라는 격언을 무시하고, 황병철은 쐐기충과 폭탄충 편대로 정면대결을 펼쳤다.

화려한 공중전의 개막.

황병철은 역시나 황병철이었다.

쐐기충 체제를 택해 공중전을 예고했으나, 스텔스 전투기 편대를 피해 다니며 이신의 본진이나 지상군을 습격하는 여우같은 모습도 보였다.

유령처럼 쫓아오는 스텔스 전투기 편대를 이리저리 피해 다니며 시간을 끄는 황병철.

이윽고 괴물여왕을 대동하고서 공중전에 힘을 실었다.

스텔스 전투기만 격파하면 이길 수 있다는 생각이었다.

일합(一合) 싸움.

괴물여왕의 점액에 맞으면 스텔스 전투기들이 일제히 속도가 느려져서 몰살당한다.

이에 대하여 이신은 스텔스 전투기 올인이라는 엽기적인 전략을 펼쳤다.

—이신 선수, 전투기를 2부대나 운용하고 있습니다!

—하하, 정말 한 번도 볼 수 없었던 대결을 보실 수 있겠네요.

스텔스 전투기 2부대가 각기 따로 움직였다.

이신은 손이 4개라도 되는 듯이 2부대를 따로 운용하며 신들린 멀티태스킹을 선보였다.

1부대는 황병철의 공중전과 술래잡기를 하고, 다른 1부대는 본진과 확장 기지를 습격했다.

서로 다른 곳에서 싸우는데도 2부대가 모두 컨트롤되는 명장면!

결국 확장 기지를 지키기 위해 돌아온 황병철의 공중 전력을 기다렸다가 양방향에서 덮쳐서 대승을 거뒀다.

또다시 명경기에 탄생되었다며 갈채를 받았다.

하지만 패배를 한 황병철의 얼굴에는 오로지 자기 자신에 대한 분노만 있을 뿐이었다.

다섯 번째 상대는 리그 최하위인 넥스트였다.

3—1 스코어로 승리를 거두었는데, 오랫동안 부진에 빠져 있었던 손지훈이 차이를 잡아내는 이변을 연출해 주목을 받았다.

손지훈은 3라운드 들어서 벌써 3승을 거두었기 때문에 다시 예전 모습을 찾고 있는 게 아니냐는 말을 들었다.

이신의 치유 능력 덕택에 손가락이 말끔히 나은 손지훈은 서서히 부활을 날개를 펼치고 있었다.

곧 올도어SCC에 올 선수기에 최환열도 그런 손지훈의 좋은 모습에 만족스러워했다.

"3라운드 플레이오프 때 무조건 이신을 선봉에 세울 계획입니다."

올도어SCC의 수석코치 최환열이 깜짝 선언을 했다.

연승제로 진행되는 플레이오프를 이신의 올킬 축제로 만들겠다는 놀라운 포부였다.

최근의 이신은 전성기가 살아난 것처럼 엄청난 활약을 펼치고 있었다.

평소에는 다른 팀원에서 출전 기회를 주기 위해 빠지는 경우도 있었는데, 이번 3라운드는 매 경기 출전하며 팬들을 즐겁게 만들어주는 것이었다.

게다가 나설 때마다 명경기 행진!

인터넷이 이신에 대한 찬양으로 도배가 되는 가운데, 서서히 3라운드의 끝이 다가옴에 따라 e스포츠계가 긴장하기 시작했다.

한국 프로리그 3라운드가 끝나는 대로 이적 시즌이 시작된다.

돈 좀 있다 하는 세계 강호들이 전부 뛰어들어 이신 쟁탈전을 벌이는 순간이 다가오는 것이었다.

# 제3장

플레이오프

[SC스타즈 왕춘 감독 또 방한 "팬으로서 관람 왔다"]
[3R 플레이오프 1차전, 이신의 올킬 쇼 펼쳐질까]
[플레이오프 1차천, 세계 강호들도 이신 경기 주목]

프로리그 3라운드 풀리그가 종료되고, 3라운드에서 승점이 가장 높은 상위 4팀이 플레이오프에 진출했다.

2021년 전반기의 마지막 프로리그 일정이니만큼, 4팀 모두 필사의 각오였다.

국내 3강 구도를 확립시킨 올도어SCC, JKT, 쌍성전자는 우승을 노리는 팀들답게 자존심 싸움을 벌일 예정이었다.

특히나 플레이오프는 이긴 선수가 계속 다음 상대와 겨루는 연승제!

올도어SCC는 말할 필요도 없고, 쌍성전자나 JKT도 올킬 등의 활약을 펼칠 역량이 있는 초특급 스타 에이스를 보유하고 있기에 더욱 재미있는 대결이 될 전망이었다.

3R 플레이오프에 진출한 또 하나의 팀은 MBS.

선수 리빌딩에 실패해 하위권에 머물 것이라는 전망을 깨고, MBS는 기적적인 활약을 펼쳐서 3라운드를 4위로 마감했다.

1, 2, 3라운드를 통틀어도 현재 5위에 있어서 방진호 감독의 리더십이 주목받고 있었다.

애당초 MBS방송사의 지원을 받지 못해서 신지호·이신을 떠나보낸 후로 별다른 선수 영입을 하지 못했던 방진호 감독이었다.

심지어 작년에도 이신의 활약으로 간신히 체면치레 했을 뿐, 모든 1군이 부진해서 욕을 먹었던 MBS였다.

그렇게 손발이 다 잘린 상태에서 절망적인 출발을 했음에도, 방진호 감독은 선수들을 독려하며 팀을 중위권으로 이끈 것이다.

'이번 플레이오프에서 우승해서 승점 40점을 획득하면 4위로 도약해 포스트시즌을 노릴 수 있다.'

우승은 못한다 해도, 포스트시즌에 진출하면 팀에 더 많은 수입이 들어오므로 추후 선수 영입에 사용할 자금이 확보되는 것이었다.

그것이 MBS를 어떻게든 강팀으로 만들고 싶어 하는 방진호 감독의 시나리오였다.

하지만……

―3R 플레이오프 1차전, 올도어SCC VS MBS.

불행히도 1차전 상대가 절대무적의 행보를 걷고 있는 올도어 SCC.

설상가상으로 이신이 펄펄 날고 있는 상황이었다.

'최환열 그 녀석은 이신의 올킬 쇼를 보여주겠다며 무서운 소리를 하고 있고, 이것 참……'

이쯤 되면 그냥 다 포기하고 편해지자는 생각마저 들 정도.

방진호 감독은 고민 끝에 올도어SCC와의 일전의 목표를 내놓았다.

'일단 이신이라도 꺾는다.'

정말 예고대로 이신이 선봉에 나온다면, 최소한 예고 올킬 같은 쇼의 희생양이 되는 불행만큼은 모면해야 선수들의 멘탈도 덜 박살 날 게 아닌가?

밤새 고민을 한 방진호 감독은 다음날, 선수를 모아놓고 말했다.

"정다울, 김영표."

"네!"

"네, 감독님!"

정다울과 김영표가 대답했다.

방진호 감독이 말했다.

"1차전에서 우리가 이길 승산은 거의 없다. 근데 너희 둘이 책임지고 이신을 꺾으면 희망이 생긴다."

"저희가요?"

"이신을?"

정다울과 김영표는 난이도 S급의 퀘스트를 받고서 움찔했다.

사실 이신이라면 MBS 선수 1군 전원이 덤벼도 이길까 말까였다.

"이신이 패배하는 경우는 세 가지가 대표적이다. 신지호나 차이 같은 방어형 인류, 최영준 같은 물량형 신족, 그리고 극에 달한 멀티태스킹과 컨트롤을 가진 박영호 같은 괴물."

타입으로 분류했지만, 결국 쌍영이나 신지호·차이 같은 톱클래스가 아니면 이신을 한 번이라도 꺾을 수조차 없었다.

"박영호같은 스타일로 박영호만큼 할 수 있는 괴물은 우리 중에 없고, 결국 나머지 두 타입인데 거기에 맞는 선수가 너희 둘이다."

"아⋯⋯."

선수들은 어떻게든 승률이 높은 쪽으로 승부를 걸려는 방진호 감독의 생각에 감탄했다.

김영표, 일명 수면제 인류.

신지호와 한솥밥을 먹던 시절에 영향을 많이 받아서 방어에 치중하는 장기전 스타일을 갖게 되었다.

덕분에 수면제 같은 장기전만 치른다며 지탄을 받았지만, 그래도 승률은 언제나 그럭저럭 절반 수준으로 유지했으므로 신뢰

받는 선수였다.

그리고 정다울.

만년 2군이었다가 코치였던 이신의 가르침을 받아 1군으로 발돋움한 선수.

신족임에도 특이하게 괴물전을 잘하고 인류전과 동족전은 형편없는 반쪽짜리 주전이었다.

하지만 2021년에 들어서 정다울은 방진호 감독의 특별 관리를 받으며 실력이 급성장했다.

'이신 코치님은 한두 달 만에 신족을 마스터했어. 그러니까 나도 필사적으로 매달리면 언젠가는!'

최영준의 플레이를 보고 따라하고 연구했다.

그렇게 하루 종일 필사적으로 매달린다면, 이신 같은 천재가 아니라 해도 가능할 거라 믿었다.

그런 각고의 노력 끝에 정다울의 인류전 승률은 점점 좋아졌다.

본래 신족이 인류를 상대로 좋은 종족인 만큼, 당연한 결과라 할 수 있었다.

"그동안 많이 노력했잖아? 둘이서 이신 하나 못 이기겠어?"

방진호 감독이 격려를 했다.

"그 2대 1이 아니잖아요."

두 사람은 울상이 되었다.

본의 아니게 팀의 승패라는 무거운 짐을 짊어지게 된 두 사람이었다.

"근데 이신이 다른 종족 하면 망하는 거 아냐?"

"그러게."

"아, 골치 아프네. 진짜 뭔 놈의 프로게이머가 3종족을 다 해?"

"그냥 인류로 하길 바라야지. 3라운드 내내 인류만 했잖아."

"플레이오프 때까지 아껴뒀던 걸 수도 있지. 전에 월드 SC 올스타전에서도……"

"야, 됐어! 그것까지 어떻게 다 대비를 하냐? 그냥 배제하고 가야지."

선수들이 수군거렸다.

하지만 방진호 감독이 시끄럽다며 눈치를 주자 다들 찔끔해서 입을 다물었다.

정다울과 김영표의 안색은 더욱 창백해졌다.

도저히 이길 전망이 보이지 않았다.

다만 한 가지 다행이라면 이신에게 지는 것은 너무나 당연한 일이라, 굳이 팬들도 욕하지는 않는다는 것 정도?

도리어 이신을 이겼다고 이신교의 일부 철딱서니 없는 광신도들에게 욕을 먹은 선수는 있었다.

'그래도 관광당하고 싶지는 않은데.'

'최소한 농락은 당하지 말자.'

어느덧 정다울과 김영표의 두 눈에 결사항전의 각오가 서렸다.

\*　　　　　\*　　　　　\*

"싫어."

"뭐?"

"선봉은 다른 애 세워."

이신의 말에 최환열은 당황했다.

"얌마, 이제 와서 안 하겠다고 하면 어떡해?"

"애당초 예고 올킬 선언도 형이 멋대로 한 거잖아."

"야야, 선봉 나가서 올킬하면 좋지 왜 빼고 그래? 이제 와서 막상 경기 때 너 말고 다른 애 선봉 내보내면 나 완전 뻥쟁이 되잖아."

"뻥쟁이면 어때. 그걸 믿은 상대가 바보지."

지금쯤 MBS는 일단 올킬부터 면하겠다며 이신을 대비한 준비를 열심히 하고 있을 터였다.

그런데 경기장에서 막상 다른 선수가 떡하니 선봉에 나오면, MBS로서는 제대로 뒤통수 맞는 셈이었다.

"야, 내 이미지 망가져. 상대가 쌍성전자도 아니고 MBS인데 이기겠다고 뻥까지 쳤다고……."

"형이 언제부터 깔끔한 이미지였다고?"

"아, 진짜. 대체 왜 그러냐? 네 한국에서의 마지막을 화려하게 장식하게 해주겠다는데."

"의도는 고마운데 컨셉이 틀렸어."

이신의 말에 최환열은 의아해했다.

이신이 말했다.

"올도어SCC가 이번에 보여줘야 하는 건 화려한 작별이 아니라 세대교체, 팀의 밝은 미래야."

"……."

최환열은 꿀 먹은 벙어리가 되었다. 이신의 지적에 허를 찔린 기분이었다.

"내가 선봉 나가서 올킬에 성공했다 치자. 좋겠지. 팬들도 좋아하고, 이적 시즌 앞두고 내 몸값도 더 올라가고, VOD 매출도 늘고."

"그래, 그래서 나도 돌발적으로 그런 도발을 한 거고."

"그게 근시안적이었다는 거야. 그렇게 내 원맨쇼로 흥행했다고 쳐. 그 뒤에는? 화려하게 작별했으니 이제 미련 없이 올도어SCC를 떠나가는 팬들이 생기지 않겠어?"

"…그렇긴 하겠지."

"난 내 팬들이 나를 쫓아 해외로 관심이 옮겨가길 원치 않아. 내가 남긴 선수들과 팀이 얼마나 더 잘할 수 있는지 쭉 지켜봐 줬으면 좋겠어."

이신은 혀를 차며 말을 이었다.

"당연히 형도 후임 감독으로서 팀의 미래를 위해 그렇게 판단했어야지. 형까지 내 인기에 취해 있으면 어떡해? 마지막 순간까지 내 인기를 이용해 뽕 뽑기를 하자는 건 지금까지의 이 나라 e스포츠판과 뭐가 달라?"

최환열은 부끄러워졌다.

게임 외엔 달리 생각이 없어 보이는 이신이 가끔씩 저렇게 깊은 뜻을 드러내며 놀라게 만든다.

"그래, 네 말이 맞다. 그럼 선봉에 누굴 내보낼까?"

"3라운드 시작하면서 각자 맞춤 훈련을 했잖아."

"그렇지."

"그럼 그 성과를 모두에게 보여줘야지."

힌트만 주고 답은 안 주는 알쏭달쏭한 말에 최환열은 심사숙고했다.

이윽고 최환열이 입을 열었다.

"보다 발전된 모습을 가장 뚜렷하게 보여줄 수 있는 선수 말이지?"

"어."

"아마 1세트 맵의 특성상 MBS는 널 잡기 위해 선봉으로 신족을 낼 테고. 그럼 신족을 상대로 가장 큰 발전을 보여줄 수 있는 선수는 하나뿐인데?"

최환열이 씨익 웃으며 말을 이었다.

이신 또한 미소를 지으며 고개를 끄덕였다. 최환열이 정답을 맞혔다.

\*          \*          \*

그날 저녁, 플레이오프를 이틀 남겨놓았을 때 뜬금없이 전화가 걸려왔다.

롤스로이스 팬텀을 타고 귀가하던 이신은 깜빡 졸다가 전화를 받았다.

"여보세요?"

—형, 나 표 한 장만. 아니, 두 장만 좀 줘봐.

불쑥 본론부터 요구하는 건방진 목소리에 이신은 살짝 짜증
이 났다.

"나한테 표 맡겨놨어?"

—아 쫌! 표를 구할 수가 있어야 말이지. 그 많은 좌석이 어떻
게 몇 분 만에 죄다 매진이 되냐? 암표 시세도 장난 아니던데, 요
즘 무슨 표 테크니 뭐니 해서 암표 장사로 돈 몇 푼 벌어보겠다
는 찌질이들이 왜 이렇게 많은지 몰라. 아오, 빡쳐.

걸쭉한 입담, 속사포처럼 쏟아지는 수다.

바로 박영호였다.

"인터넷으로 봐."

—아 싫어! 난 현장 체질이야. 나 표 2장만 줘. 아니, 3장?

요구도 점점 늘어난다.

—형은 구할 수 있잖아? 형이 전화 한 통만 하면 다들 껌뻑 죽
어서 바로바로 구해다줄 텐데. 대신 나도 2차전 티켓 줄게.

"2장은 있어."

—오키오키, 그럼 철환이는 빼놓고 성준이 형이랑 둘이 가야겠
다. 땡큐!

그 즉시 통화는 끊겨 버렸다.

"……"

일방적으로 대화를 끊기는 경험은 드문 터라, 이신은 기분이

언짢았다.

그런데,

위이잉, 위잉.

또다시 구형 폴더폰이 진동했다.

기가 찼다.

발신자를 보니 또 박영호였던 것이다.

"뭐야?"

―아, 미안미안. 용건이 또 하나 있었는데 깜빡했네.

"뭔데."

―형, 혹시 SC스타즈로 이적할 거야?

SC스타즈.

가장 적극적으로 이신에게 구애 중인 중국 팀이 언급되자 이신은 놀랐다.

"아직 몰라. 그건 왜?"

―음, 이런 얘기해도 되나 모르겠네.

"해."

―끄응, 아 그냥 하지 말까? 아무한테도 말하면 안 되는데.

짜증이 더 치미는 이신.

"끊어 그럼."

―아, 알았어, 알았어. 대신 아무한테도 얘기하면 안 돼, 오키?

"어."

―그게 무슨 일이냐면… 아! 역시 말하면 안 되나?

"그럼 표도 안 돼."

그러자 박영호는 화들짝 놀라 다급히 말한다.

꽤나 충격적인 말이었다.

─나도 이적 제의받았어.

"…뭐?"


*　　　*　　　*


"SC스타즈가 널?"

─응, 그 사람들 형이랑 결승전 할 때도 경기장에 직관하러 왔었잖아.

"그랬지."

─그때 내 경기력 보고 감탄했대나 어쨌대나. 3─1로 쳐발렸는데 무슨…….

"그래서?"

─그래서는. 내 연봉도 JKT에 줄 이적료도 엄청나게 불렀어. 그 연봉 얘기 듣고 기절하는 줄 알았다. 그 인간들 미쳤나 봐. 내미는 돈다발 규모가 완전 자비가 없어.

SC스타즈가 자신을 노린다는 것은 아주 잘 알고 있는 이신이었다.

그런데 박영호까지 노리다니.

이신과 박영호를 모두 품겠다는 엄청난 스케일에 놀랄 수밖에 없었다.

'정말 세계 최강팀을 노리고 있군.'

그저 이신의 세계적인 인지도 덕을 보겠다는 얄량한 상술로 끝나는 수준이 아니었다.

　이신의 인지도로 세계적인 위상을 얻음은 물론이고, 박영호까지 영입하여서 그 위상에 걸맞은 팀 전력까지 손에 넣겠다는 엄청난 의도였다.

　―형, 나 어떡하지?

　"뭘 어떡해?"

　―나 말이지, 이제 집안 사정도 다 해결됐고 이대로 쭉 선수 생활 꾸준히 하면 은퇴하고서 평생 먹고 사는 데 지장 없을 정도는 벌 수 있겠다 싶었어.

　은퇴 후에 평생 먹고 사는 데 지장 없을 정도라니.

　물론 그것도 대단한 일이긴 하다.

　하지만 박영호는 한국에서 손꼽히는 실력과 커리어를 가진 초일류 선수였다.

　그런 선수의 말치고는 참 소박한 것이었다.

　아직 미국·중국·유럽 같은 빅 리그에 비하면 턱없이 규모가 작은 한국 e스포츠 시장의 현실이기도 했다.

　―근데 그쪽에서 제시한 연봉을 받을 수 있다면, 얘기가 달라져. 그땐 먹고 사는 정도가 아니라 평생 떵떵거리며 살 수 있어.

　"그렇겠지."

　―물론 해외 진출했다가 실패한 사례는 많이 봤고, 팀에도 미안해서 망설여지고 있기는 한데…….

　이신은 피식 웃었다.

그리고 말했다.

"가고 싶으면 가."

―진짜?

"프로가 돈 보고 가야지."

―형은 해외 진출 안 했잖아. 형이 계속 남아야 우리나라 e스
포츠가 발전하니까 그런 의무감에…….

"난 그냥 귀찮아서 안 갔어."

―에이, 말이야 그래도 형은 정말 위대한…….

"개소리 하지 말고. 나 하나 없다고 발전 못하면 그냥 망하라
그래."

―…….

"너도 마찬가지야. JKT가 너 하나 없다고 망할 팀이면 그냥 망
하라 그래."

박영호는 침묵했다.

이신이 계속 말했다.

"가는 쪽도 안 가는 쪽도 다 장단점이 있어. 돈은 SC스타즈가
더 많이 박겠지만, 우리나라도 시장이나 선수 수입이 점점 높아
지고 있고."

―응, 그건 그래.

"그러니까 네 선택에 달렸어. 어느 쪽을 선택하든 손해날 건
없고, 도의적으로 잘못된 것도 없는 거야."

―알았어, 고마워.

"그럼 끊는다."

―아니, 잠깐만.

"또 왜?"

―형은?

"나 뭐?"

―형은 SC스타즈로 안 갈 거야?

"몰라. 팀에 도움이 많이 되는 쪽으로 결정할 거야."

―형도 SC스타즈로 같이 갔으면 좋겠어.

"그건 또 왜?"

―같이 한솥밥 먹으면 좋잖아. 말도 안 통하는 곳에 혼자 가 봐야 외로울 텐데. 만약 형이 그 팀 간다면 나도 가려고. 아니면 나도 안 갈래.

이신은 이게 또 무슨 소리인가 싶었다.

"네 선택을 왜 나한테 떠넘겨?"

―몰라, 아무튼 끊을게.

그러고서 박영호는 또다시 일방적으로 통화를 끊었다.

그리고 잠시 후, 문자 한 통이 왔다.

[그런데 그쪽에서는 형도 올 거라고 100% 확신하는 눈치더라.]

박영호로부터 들은 깜짝 소식 때문에 이신은 많은 생각이 들었다.

SC스타즈.

이 팀의 지대한 관심을 받게 되고서 여러 가지 사실을 알아냈다.

SC스타즈의 스폰서는 바로 장린투자그룹.

장양의 아버지 장린 회장이 경영하는 투자회사였다.

정재계에 모두 힘이 넘치는 스폰서가 뒤에 있으니, SC스타즈는 최상의 조건 속에서 강팀이 될 수밖에 없었다.


"중국에 온다면 당신은 정말로 신이 될 거요. 훨씬 더 큰 시장에서 훨씬 더 많은 군중의 열광을 받으며 훨씬 더 좋은 여건 속에서. 그걸 굳이 피해야 할 이유가 있소?"


장린 회장의 말이 다시금 떠오른다.

어쩌면 이번 일에 장린 회장의 입김이 작용했는지도 모른다.

이신은 어디로 진출을 하든지 올도어SCC에 최대한 이득이 되는 쪽을 택하고 싶었다.

팀에 대한 의리.

무엇보다도 물심양면으로 애써준 지수민 부사장에 대한 보답의 측면이 컸다.

만약 장린 회장이 나선 일이라면, 분명히 그것이 가능할 터였다.

'날 노리는 팀이 한두 개가 아닌데도 100% 확신하고 있다면, 장린 회장이 손을 썼다고 봐도 이상한 일이 아니지.'

손을 쓴다고 해봤자 장린 회장으로서는 그리 어려운 일이 아닐 테니까.

하지만 박영호까지 영입하려 하는 건 정말 의외였다.

박영호와 중국에서 한솥밥을 먹는다?

시끄럽고 유쾌한 박영호를 떠올리자 이신은 피식 웃음이 나왔다.

그건 그것대로 흥미로운 일이라는 생각이 들었다.

*        *        *

3R 플레이오프 1차전, 올도어SCC 대 MBS.

예고와 달리 이신의 원맨쇼는 펼쳐지지 않았다.

이미 상의했던 대로 최환열은 이신 대신, 최근에 가장 큰 성장을 한 선수를 선봉에 내세웠다.

바로 존이었다.

1세트 상대는 MBS 주전 라인업의 한 축을 이루는 신족 플레이어 정다울.

존과 정다울은 구면이었다.

신족에 약한 인류 대 인류에 약한 신족이라는 희한한 대결 양상이었지만, 그때의 승자는 존이었다.

하지만 정다울의 표정은 도리어 여유가 있어 보였다.

사실 이신과의 일전을 각오하고 나왔는데 막상 상대가 존이니 안심한 것이었다.

존은 신족에 약하다고 정평이 나 있었으니 말이다.

'예전의 나라고 생각하면 오산이야. 복수를 해주마.'

정다울은 굳은 각오와 함께 게임에 임했다.

하지만 뚜껑이 열리고 보니, 존도 예전의 존이 아니었다.

자신감이 넘쳤다.

과감하게 1기갑 1항공 빌드를 펼쳐 고속전차와 항공수송선을 일찍 생산했다.

그러고는 항공수송선에 고속전차를 태워 견제 플레이를 하기 시작했다.

맵 전역에 부지런히 지뢰를 깔고, 날카롭게 침입해 신도 테러를 했다.

그 같은 테러가 계속되면서, 적지만 피해가 야금야금 누적됐다.

—존 선수 정말 날카롭습니다. 오늘 고속전차가 아주 살아 있어요!

—예, 이신 선수를 연상케 하는 활발한 고속전차 플레이입니다.

—정다울 선수도 대응이 꽤 침착한데요.

—그렇습니다! 신도 테러를 당한 피해가 누적되고 있지만, 보다 부유한 체제로 가고 있기 때문에 사실 상황은 비슷하거든요. 그걸 알기 때문에 허둥대지 않고 침착한 겁니다.

고속전차 견제에 대한 대응은 예전에 이신과 같은 팀에 있으면서 충분히 단련된 정다울이었다.

때문에 존의 화려한 견제에도 불구하고 굳건했고, 오히려 점점 침투해올 빈틈을 없애나갔다.

그런데 다음 순간, 존은 기동포탑을 견제에 쓰기 시작했다.

기동포탑의 긴 사거리를 이용하여서 사과를 돌려 깎듯이 시계 방향으로 넘나들며 정다울의 진영을 두들겼다.

진압하기 위해 신족 병력이 달려오면 같이 동반한 고속전차가 지뢰를 깔아 저지하고는 다시 항공수송선에 태워서 다른 곳으로 이동했다.

그 같은 교묘한 견제를 계속 하면서 야금야금 데미지를 쌓았다.

그러자 정다울은 가랑비에 옷 젖듯이 어느새 불리한 상황이 되어버렸다.

결국 정다울은 참지 못하고 먼저 총공세를 펼쳤다.

이를 기다리고 있었던 존.

완벽한 인류의 디펜스 라인이 물 밀 듯이 밀려오는 신족의 병력을 말끔하게 녹여 버렸다.

정다울은 GG를 선언했다.

—와, 이게 정말 존 선수인가요? 말도 못하게 굉장한 견제 플레이, 정말 대단했습니다!

—저도 꽤 오랫동안 중계를 했습니다만, 2년 전에 봤던 이신 선수의 플레이와 아주 똑같았습니다!

경기장이 뜨거운 환호성으로 찼다.

처음에는 선봉에 이신이 안 나오자 실망한 기색이었지만, 존의 화려하기 이를 데 없는 플레이에 다시 흥이 오른 것이다.

이어지는 2세트 상대는 '수면제' 김영표였다.

지루한 인류 대 인류전을 예상하고서 관객들은 사색이 되었다.

하지만,

—빠릅니다!

—센터 2기갑 고속전차 올인 플레이! 완벽하게 먹혀들었죠!

이는 일종의 도박성 올인 플레이였다.

인구수 9 때 병영과 광산을 짓고, 광산이 완성될 즈음에 맵 중앙으로 건설로봇을 보낸다.

병영이 완성되면 또 건설로봇을 맵 중앙에 더 보낸다.

그 건설로봇 2기로 맵 중앙에 기갑정거장을 짓는다.

그러면 비정상적으로 빠른 타이밍에 고속전차를 생산할 수 있게 된다.

그때쯤 상대는 아직 기갑정거장도 채 완성하지 못했다.

그 같은 전략으로 존은 김영표를 고속전차로 털어버리기 시작했다.

사전에 눈치채지 못한 이상, 이미 끝난 것이나 다름없는 승부였다.

—김영표 선수 GG!

—존 선수의 완벽한 변신! 약하다고 평가됐던 신족전과 인류전을 모두 이기고 2킬을 올립니다!

무려 이신을 이기려고 준비했던 MBS의 선봉과 차봉을 연파한 존.

기세가 오를 대로 오른 존은 그 뒤로도 신족과 인류를 연달아 이기며 4킬을 했다.

오늘 존은 완전히 사고를 친 셈이었다.

이제 마지막으로 MBS에서 출전시킨 선수는 바로 최찬영이었다.

존이 가장 잘하는 괴물전이었다.

"올킬! 올킬! 올킬!"

관객들이 올킬을 연호했다.

이신의 올킬 축제여야 했던 경기가 존의 독무대가 된 상황.

사실 올도어SCC 벤치에서 지켜보는 이신과 최환열도 놀란 상황이었다.

"4킬까지 갈 줄은 몰랐는데."

"그러게, 쟤 저러다 올킬하겠다."

중계진도 흥분했다.

─존 선수가 오늘 신족과 인류만 상대하면서 4킬을 달성했습니다!

─어찌 보면 이신 선수의 스타일을 직접 물려받은 유일한 후계자가 아닐까 하는 생각마저 드네요. 차이 선수도 주디 선수도 다 자기만의 스타일이 있잖습니까? 장양 선수는 아예 종족도 다르고요. 이신 선수와 흡사한 견제 위주의 스타일을 구사하는 제자는 존 선수가 유일해요!

─사실 이신의 진짜 후계자는 존 선수였다 하는 뭐 그런 스토리가 되나요?

─하하하.

스코어 4—0.

MBS로서는 한숨이 나올 만한 상황이었다.

이신도 아니고 존에게 4킬.

홀로 남은 최찬영은 존 이외에도 이신, 차이, 장양, 사나다 료, 유진영, 주디 등이 모두 대기 중인 적을 감당해야 했다.

*　　　　　*　　　　　*

그날 경기는 5—1로 종료되었다.

존은 어이없게도 올킬을 코앞에 두고 최찬영의 깜짝 4일벌레 러시에 당해 허망하게 패했다.

하지만 4킬도 충분히 대활약.

존은 웃으며 돌아올 수 있었고, 경기는 팬들의 성원 때문에 차봉으로 나선 이신에 의해 마무리되었다.

이신은 공중전의 왕자인 로켓 프리깃으로 기가 막힌 터닝 샷 컨트롤을 펼쳐 최찬영의 쐐기충 부대를 녹여 버렸다.

자폭하려고 날아드는 폭탄충 떼도 계단식으로 배치된 로켓 프리깃들의 순차적인 터닝 샷으로 모조리 녹여 버려서 팬들의 눈을 즐겁게 해주었다.

경기 종료 후, 오늘의 MVP로 선정된 존이 인터뷰를 가졌다.

—선봉으로 출전한 특별한 이유가 있습니까? 원래 선봉은 이신 선수가 선다고 했던 것 같은데요?

"특훈의 성과를 증명하기 위해 출전하게 되었습니다."

─아, 그랬군요. 특훈이라니, 정말로 그 성과를 잘 본 것 같습니다.

"감사합니다. 선생님의 경기를 많이 보고 싶으셨을 텐데, 제가 너무 잘해서 죄송합니다."

존의 농담 섞인 말에 이병철 캐스터도 농담으로 응수했다.

─어휴, 별말씀을요. 원래 살다 보면 실망도 하고 그러는 거죠.

관객들은 웃음을 터뜨렸다.

그날, 존은 e스포츠 관련 커뮤니티에 끊임없이 오르내렸다.

이신을 쏙 빼닮은 스타일리시한 플레이가 팬들에게 인상 깊게 각인된 것이다.

그로 인해 이신의 진짜 후계자라는 이미지까지 생겼으니, 존에게도 올도어SCC에게도 좋은 일이었다.

한편, 그날의 경기는 SC스타즈의 왕춘 감독도 관람했고, 박영호 역시 팀의 선배 오성준과 함께 경기장에 와 있었다.

\*　　　　\*　　　　\*

3R 플레이오프 2차전 역시 빅 매치였다.

쌍성전자 대 JKT.

작년에 마지막까지 프로리그 우승을 다퉜던 두 라이벌 팀의 대결!

박영호는 선봉으로 나서서 쌍성전자의 선봉 박화성을 무참히 박살 냈다.

하지만 그 선봉은 일단 간을 보기 위한 버린 패.

쌍성전자는 차봉으로 박영호의 맞춤 카드인 신지호를 투입했다.

인류와 괴물의 상성.

그리고 인류의 장점을 가장 잘 발휘하여 그 상성을 극대화할 줄 아는 것이 신지호였다.

작년 중순, JKT에 대항할 카드로 영입한 신지호는 이번에도 연봉 값을 톡톡히 했다.

본진과 앞마당이 송두리째 날아갔음에도, 확장 기지에 새로운 본진을 틀고 주저앉아 버렸다.

심시티로 바리케이드를 겹겹이 두르고 필사적으로 버티는 신지호는 무시무시했다.

엄청난 속도로 흑안개를 펼치며 몰아치는 박영호의 군세였지만, 뚫고 또 뚫어도 신지호는 아슬아슬하게 버텼다.

그렇게 장장 1시간.

결국 맵의 자원이 전부 고갈되어 더 이상 병력 생산을 할 수 없게 되자, 박영호는 그만 웃고 말았다.

맵의 8할 가량을 잠식한 박영호의 어마어마한 기세.

그런데 밀리고 밀린 끝에 한쪽 구석에 틀어박힌 신지호가 이기게 되었으니 어찌 우습지 않겠는가?

분통을 터뜨리며 화낼 법도 했지만, 박영호는 대신 웃는 것으로 자신의 패배를 받아들였다.

격찬이 쏟아졌다.

이신이 변칙과 기교에 능하다면, 두 사람은 인류의 정석과 괴물의 정석을 극한까지 보여준 명경기였다.

특히나 극악이라 불릴 만한 인류의 중후반 방어선을 몇 번이고 돌파한 박영호의 괴력은 경이로웠다.

—정말 박영호 선수의 경기력은 최고였거든요? 근데 그걸 끈질기게 버텨낸 신지호 선수도 대단합니다!

—에, 저는 정말 방금 박영호 선수가 진 이유를 모르겠습니다. 완벽했는데요! 정말 종족 상성밖에 설명할 길이 없습니다.

"정말 설명할 길이 없습니까?"

옆에서 누군가가 물었다.

이신은 무덤덤하게 대답했다.

"마지막 순간에 방심해서 여유를 부렸습니다."

이신은 박영호에게 받은 티켓으로 경기를 관람하러 온 상태였다. 그러다가 옆자리의 남자는 우연히 만났고 말이다.

"여유?"

"신지호의 본진이 파괴당했을 때, 더 몰아붙이지 않고 시간을 줬습니다."

박영호는 일단 승기를 잡자 급할 필요가 없다고 생각했는지, 병력을 수습하고 재생산하며 시간을 내줬다.

신지호에게는 더 이상 여력이 없다고 판단한 것.

하지만 신지호는 분산된 병력을 수습하고 건물을 띄워 옮기는 대 이주를 완료했다. 신지호의 버티기를 너무 얕봤다고 할 수 있었다.

"역시 저와 같은 생각을 했군요."

그렇게 말하며 웃는 남자는 바로 SC스타즈의 왕춘 감독이었다.

VIP좌석이 한정되어 있는 탓인지, 두 사람은 공교롭게도 서로 알아볼 수 있을 정도로 가까이에 앉게 되었다.

그냥 알은체만 하고 넘어갈 수도 있었다.

그런데 왕춘 감독은 놀라우리만치 적극적이었다.

이신의 옆자리 사람에게 양해를 구해 서로 자리를 바꿔서 곁에 온 것!

그러고는 이렇듯 경기를 관전하며 서로 의견을 주고받는 모양새가 되었다.

주변에서는 이신이 왕춘 감독과 능숙한 중국어로 대화를 나누자 놀란 눈으로 쳐다보곤 했다.

"박영호 카드가 벌써 깨졌으니 JKT가 고민이 많겠군요. 진철환을 낼 수도 없을 테고."

진철환도 알고 있는 걸 보니 왕춘 감독은 한국 e스포츠에 상당히 관심이 많은 듯했다.

인류의 정점인 신지호를 상대로 괴물을 내는 것은 무모한 도박이었다. 이미 최고의 괴물인 박영호도 지지 않았는가.

"오성준."

이신이 가만히 한 마디 했다.

"오성준을? 그는 올드 플레이어인 데다가 괴물입니다."

"보시면 압니다."

잠시 후, JKT 측에서 차봉이 나왔다.

—JKT의 차봉은, 예! 오성준 선수입니다!

"와아아아아!"

"오성준 파이팅!"

JKT 팬들이 소리쳐 응원했다.

한때 한국을 휩쓸었던 레전드 오성준은 세월이 지난 아직도 팬층이 두터웠다.

"어떻게 아셨습니까?"

왕춘 감독은 놀라서 물었다. 이신은 어깨를 으쓱했다.

"변칙과 올인에 능한 오성준이 그나마 신지호를 꺾을 수 있는 가능성이 가장 높습니다. 진철환은 최영준에 대비해서 아껴두어야 하는 카드고요."

"음, 그래도 레전드니까 믿을 만한 구석이 있다는 것입니까?"

"JKT 라인업의 특징입니다. 곤란한 순간에 여러 번 오성준이 나섰죠."

2세트가 시작되었다.

올인 플레이를 즐겨 하는 오성준이 상대인 만큼, 신지호는 더 신중하게 정찰을 했다.

오성준은 그런 신지호의 정찰을 계속 꼼꼼하게 커트하며 체제 보안을 유지했다.

"저건 촉수충을 먼저 뽑는 빌드 오더군요."

일명 선 촉수충 빌드.

쐐기충으로 먼저 상대를 견제해 주는 일반적인 빌드 오더와 달리, 촉수충을 먼저 생산하여서 인류를 강하게 압박하는 체제였다.

오성준의 전성기 시절에는 많이 쓰였지만, 이제는 사장된 전략이기도 했다.

"저건 이제 쓰이지 않는 빌드 오더인데요."

"그럴수록 더 허를 찌르기 쉽다고 판단한 모양입니다."

역시나 오성준은 심리전을 걸고서 허를 찔러 일격에 승리할 생각이었다.

이신이 계속 말했다.

"중요한 건 신지호가 쐐기충인 줄 알고 대공 방어를 해야 한다는 점입니다."

선 촉수충 빌드가 사장된 이유는 간단했다.

상대가 쐐기충을 안 쓰니, 쐐기충에 대비해 대공 방어를 하지 않아도 된다.

그만큼 남는 여유 자원을 테크 트리나 확장에 쓸 수 있으므로 괴물보다 더 부유해진다.

이는 오성준의 전성기가 저물고 최환열이라는 인류 레전드가 떠오른 왕권 교체와도 연관이 깊었다.

촉수충은 땅속에 숨어 촉수를 뻗어서 지상군을 공격한다.

본래 게임 디자인대로라면 촉수충은 보병의 천적이어야 했다.

하지만 최환열은 보병 컨트롤의 귀재였다.

촉수를 피해 보병들을 삽시간에 좌우로 펼쳐 반포위 및 사살해 버린다.

최환열이 그러한 보병 컨트롤을 보급했고, 결국은 촉수충만으로는 인류 병영 체제를 막아낼 수 없는 시대가 되어버렸다.

그래서 등장한 것이 쐐기충.

쐐기충 부대를 하나로 뭉쳐서 컨트롤하는 스킬이 보급되면서, 이것이 괴물의 정석이 되었다.

오성준은 거기서 다시 역발상을 한 것이다.

"괜찮은 시도군."

이신이 나직이 평했다.

"그렇습니까? 위험도가 너무 높은 시도 같은데요."

"신지호는 방어 위주의 안전한 플레이를 좋아합니다. 때문에 속이기가 더 쉽습니다."

아니나 다를까.

오성준에게 속아 넘어간 신지호는 본진과 앞마당 곳곳에 대공포를 건설하기 시작했다.

쐐기충에 대비한 철저한 대공 방어 태세였다.

쓸데없이 방어에 돈을 쓴 것도 피해.

그런데 더 큰 피해는 그 뒤에 나타났다.

오성준이 다수의 쐐기충과 바퀴 떼를 몰고 과감하게 신지호의 앞마당을 들이친 것.

바퀴 떼가 달려가 총알받이가 되었고, 뒤따라온 촉수충들이 땅속에 숨어 들어갔다. 이윽고,

―촤아아악! 촤아악!

—으아악!

—으악!

꽃이 피듯이 사방으로 뻗어 나가는 촉수에 의해 보병들이 유혈을 흘리며 죽어나갔다.

신지호의 얼굴 표정이 일그러졌다.

그는 일단 침착하게 앞마당 통제사령부 건물을 들어올리고, 모든 유닛을 본진 안으로 대피시켰다.

그리고 본진 언덕에 기동포탑을 배치해 앞마당을 점령한 괴물들에게 포격을 가했다.

기동포탑의 숫자가 어느 정도 모이고, 전술위성이 생산된 뒤에야 간신히 앞마당을 수복할 수 있었다.

하지만 그동안 앞마당 확장 기지에서 자원을 채집하지 못한 자원 피해는 이루 말할 수 없었다.

그사이, 확장 기지를 가져가고 테크 트리를 올린 오성준은 이미 맵을 절반 이상 장악하고 있었다.

그리고 엄청난 물량 공세를 쏟아내며 신지호의 진영을 끊임없이 두들겼다.

사력을 다해 막아내는 신지호의 디펜스는 명불허전.

하지만 갈수록 처절해졌다.

그 와중에 몰래 확장 기지를 가져갈 생각까지 하는 신지호의 집념은 대단했지만, 모두 무위로 돌아갔다.

결국,

—신지호 선수, GG!

―오성준 선수가 신지호 선수를 강판시키는 데 성공했습니다. 이것만으로도 오성준 선수는 자신의 임무를 완수한 거예요!

―그렇습니다! 신지호와 최영준이라는 쌍두마차가 가장 두려웠을 텐데, 박영호 선수도 없는 마당에 오성준 선수가 그중 하나를 치워냈으니 JKT가 다시 희망의 불씨를 살렸습니다!

스코어 2―1로 JKT가 다시 리드하기 시작했다.

오성준은 그 뒤에 출전한 쌍성전자의 중견까지 잡아내면서 2킬을 달성했다.

하지만 그날 경기는 3―5로 끝났다.

쌍성전자의 승리.

부장으로 출전한 최영준이 오성준을 비롯하여 JKT의 남은 4인을 전부 해치워 버린 것이었다.

프로리그의 왕자답게, 광기신족 최영준은 4킬이라는 엄청난 활약으로 쌍성전자의 승리를 이끌었다.

"재미있는 경기였군요. 끝까지 알 수가 없었습니다."

신족의 천적인 괴물이 잔뜩 포진한 JKT.

그런 JKT를 상대로 홀로 4킬을 올려 팀을 위기에서 구원한 최영준.

박력 넘치는 물량 공세는 그야말로 예술의 경기.

끝없이 몰려와 깡패처럼 상대 진영을 두들기는 광신도들의 폭력에 모두가 열광했다.

"좀 더 대화를 나눌 시간이 있으면 좋았을 텐데 아쉽군요. 이적 시즌이 오기 전에 둘이 따로 만나는 모습을 보이면 좋지 않으니까요."

왕춘 감독이 아쉬움을 드러냈다.

이신은 쓴웃음을 지었다.

짐짓 아쉬워하고 영입을 하고 싶어서 애가 탄다는 태도.

하지만 저런 간절한 태도와 달리, 이미 SC스타즈는 이신 영입을 100% 확신하고 있다고 했다.

'하지만 한국 e스포츠에도 관심이 많고 직접 직관까지 온 것을 보면 열정은 확실한 것 같군.'

이신이 본 왕춘 감독은 게임에 대한 열정이 있는 사람이었다.

게임에 대해 의견을 주고받기를 즐거워하는 인상을 받았다.

그게 마음에 들었다.

"그럼 다음에 또 뵙지요."

왕춘 감독은 가볍게 인사를 하고는 먼저 자리를 떴다.

하지만 그날 경기장의 대형화면에는 이미 나란히 관람을 하고 있는 이신과 왕춘 감독의 모습이 나왔고, 이는 인터넷뉴스 e스포츠 부문에도 소개되었다.

그것은 네티즌 사이에서 큰 화제가 되었다.


―왕 감독이 또;;;

―왕 감독의 이신 스토킹ㅋㅋㅋㅋㅋ

―왕춘 감독 "난 사실 이신교 광신도" 파문

―ㅎㄷㄷ정말 작심하고 이신한테 매달린다.

―이러다 정말 중국 갈 듯.

—무조건 SC스타즈 간다. 그 팀 스폰서가 장양 아빠다 바보들아ㅉㅉ

—그리고 장양 아빠는 이신한테 집 한 채를 선물로 준 적 있지ㄷㄷㄷ

—왕 감독 집념 쩐다ㅋㅋ 오지게 이신 스토킹 중ㅋㅋㅋ

네티즌은 왕춘 감독이 이신을 스토킹한다며 농담을 했다.

사실 왕춘 감독은 또 다른 영입 대상인 박영호의 경기력을 확인하러 왔을 뿐이지만 말이다.

겸사겸사 다른 한국 선수들의 경기도 보고 싶었던 모양인데, 현장에서 직접 보기를 즐기는 타입 같았다.

그렇듯 적극적으로 이신의 마음을 사려는 왕춘 감독의 행보에 해외의 다른 팀들도 긴장감을 느꼈는지, 더욱 줄기차게 올도어 SCC에 연락을 해왔다.

그러거나 말거나, 이신은 연습실에 돌아와 쌍성전차와의 플레이오프 결승 준비를 했다.

제4장

이적

[SC코퍼레이션, 오늘 밤 신규 업데이트 실행]

[SC의 업데이트의 골자는?]

[새 업데이트, 이제 빌드 오더 유출 안 된다]


3R 플레이오프 결승전을 앞두고서 업데이트가 이루어졌다.

아직 스페이스 크래프트의 리마스터는 개발 중이었지만, 인터페이스는 계속 주기적으로 업데이트가 이루어지고 있었다.

그런데 그중에서도 이번 업데이트는 상당히 중요했다.

바로 리플레이 저장 방식을 손본 것.

핵심은 리플레이를 재생해도 상대의 시점은 볼 수 없게 되었다는 것.

오직 자신의 시점만 저장되기 때문에, 리플레이를 보더라도 상대가 어떤 빌드 오더로 전략을 펼쳤는지는 알 수 없다.

오직 정찰을 통해 알게 된 내용을 통해 유추해야 할 뿐이었다.

각국 e스포츠 협회도 환영하는 눈치였고, 일반 게이머들도 대체로 이를 반겼다.

그동안 이 리플레이 방식 때문에 색다른 빌드 오더나 전략의 개발이 정체되어 왔다.

아무리 색다른 전략을 개발해도, 리플레이를 통해 상대도 낱낱이 그 전략을 배우고 따라할 수 있기 때문에 삽시간에 유출되곤 했다.

그렇게 되니 결국은 다들 비슷한 빌드 오더와 전략만 사용하게 된 것이다.

하지만 이제는 달랐다.

리플레이가 저장돼도 상대방의 시점은 볼 수 없으므로, 구체적인 빌드 오더의 과정은 알 수 없다.

이것이 암시하는 바는 간단했다.

"전략 팀의 중요성이 아주 커졌네."

최환열이 업데이트 내용을 확인하며 말했다.

"상대가 사용한 전략을 연구하고 대응 전략을 짜는 전략연구 팀이 프로 팀의 필수가 되었어. 휴, 우리 일거리가 늘었네."

올도어SCC의 전략 팀장 박진수가 거들었다.

"미리 전략 팀을 만들어놓길 잘했군."

이신의 중얼거림에 최환열과 박진수도 고개를 끄덕이며 한마디씩 했다.

"그러게, 정말 잘했다."

"진작 전략 팀을 도입하지 않았으면 지금쯤 부랴부랴 전략연구 팀 만든다고 허둥대고 있었겠지."

리플레이로 볼 수 없으니, 이제 상대가 어떤 전략을 어떻게 썼는지 알려면 전략 팀이 분석을 해야 했다.

그런데 전략 팀이 없는 다른 프로 팀들은 그걸 못 한다!

전문 연구 인력 없이 코치진이나 선수들이 알아서 해야 하는데, 그런 주먹구구 방식으로 제대로 될 리가 없었다.

결국 뒤처지게 되고 약체가 되고 만다.

"이제 얼마나 많은 전략을 알고 있느냐가 강팀의 기준 중 하나가 되겠군."

최환열의 말에 박진수도 고개를 끄덕였다.

"다른 팀의 전략연구원이나 선수를 빼내서 빌드 오더를 알아내는 수법도 생기겠지."

그런데 이야기를 가만히 듣던 이신이 문득 피식 웃었다.

"왜 웃어?"

박진수가 물었다.

이신은 웃으며 말했다.

"재미있을 것 같아서."

"뭐가?"

"이렇게 되면 각 팀마다 자기들만의 전략이 생길 거 아냐. 그

건 즉 팀마다 플레이 스타일도 달라진다는 뜻이지."

"듣고 보니 그렇겠네?"

"와, 그럼 프로 지망생 애들도 플레이 스타일을 보고 자기가 원하는 팀을 고를 수 있는 것 아냐? 이거 정말로 재미있겠는데?"

최환열이 감탄했다.

이제 전략이 리플레이를 통해 외부로 전파되지 않으니, 시간이 흐를수록 팀마다의 개성이 뚜렷해질 터.

"공식 경기에서 일부로 정찰을 더 집중적으로 해서 상대의 전략에 대해 알아내려는 시도도 생기겠지."

이신의 말에 다들 고개를 끄덕였다.

한 팀이 엄청난 승률을 자랑하는 엄청난 전략을 개발했다고 쳐보자.

다른 팀들은 어떻게든 그 전략을 알아내고 흉내 내려 할 것이다.

하지만 그 전략을 구현하는 구체적인 빌드 오더를 알지 못하면 흉내 내도 위력이 반감된다. 프로의 세계에서는 몇 초 차이가 승패를 좌우하기 때문.

"그럼 경기를 중계하는 옵서버를 통해 빌드 오더가 노출되는 것도 문제 삼는 팀이 생기겠는데?"

박진수의 지적에 최환열은 기가 찬다는 표정이 되었다.

"정말 그렇겠네. 그렇다고 중계를 안 할 수도 없고, 되게 난감하겠네."

이에 박진수가 말했다.

"결국 빌드 오더는 리플레이가 아니더라도 어느 정도 유출은 된다는 소리지. 앞으로도 서로 더 빨리 새로운 전략을 개발하기 위해 경쟁을 벌이는 상황이 될 거야."

이신은 곰곰이 생각하다가 입을 열었다.

"박진수."

"응?"

"일단 당장 알고 있는 모든 빌드 오더를 다 정리하는 작업부터 해."

"아, 그래. 그래야지."

"나도 팀을 떠나기 전에 내가 알고 있는 모든 전략전술패턴을 리플레이로 남겨줄 테니까."

긴 세월 세계 최강자로 있었던 이신.

그런 이신의 머릿속에 들어 있는 빌드 오더나 세부적인 전략·전술은 매우 방대했다.

거기에 심시티부터 컨트롤 노하우까지…….

이신은 떠나기 전에 올도어SCC에 값진 보물을 남겨주겠다고 하는 것이었다.

박진수는 심각한 표정으로 말했다.

"신아, 그 리플레이 파일은 나한테 줘. 절대 다른 선수들에게는 주지 말고."

"아, 하기야 이제는 리플레이 파일의 관리도 신경을 써야겠군."

이제는 핵심 전략이 담긴 리플레이 파일이 선수들을 통해 외부에 유출되기라도 하면 큰 문제였다.

"뭐, 이런 얘기는 나중에 하고 일단은 경기 준비나 하자."

최환열은 그렇게 이야기를 중단시켰다.

*　　　*　　　*

3R 플레이오프 결승전을 하루 앞둔 시점이었다.

지수민 부사장이 문득 이신을 호출했다.

**[지수민 단장 : 오늘 출근하시면 부사장실을 먼저 들러주세요.]**

평소의 그녀였다면 직접 연습실에 찾아와 미주알고주알 용건을 털어놨을 터.

그런데 이번에는 자신의 부사장실로 이신을 조용히 불렀다.

'이적 이야기군.'

그날 이신은 출근하자마자 부사장실로 향했다.

"어서 오세요. 경기 준비는 잘되고 계시고요?"

지수민이 활짝 웃으며 환대한다.

"그럭저럭 괜찮습니다."

"마지막 경기, 저도 기대하고 있어요."

"꼭 이기겠습니다."

지수민은 뭐가 그리 좋은지 밝은 표정으로 이신을 빤히 바라본다.

"왜 그렇게 쳐다봅니까?"

"좋아서요."

그녀의 말에 이신은 피식 웃었다.

그녀 역시 웃으며 말했다.

"신 님이 있으셔서 정말 제 인생이 즐거웠어요. 광팬이 되어서 쫓아다니고, 사업도 성공하고. 그래서 감사해요."

"저도 단장님이 있어서 제 삶이 보다 더 나아졌다고 생각합니다."

이신교의 교주가 되어서 팬들을 관리해주고, 롤스로이스 팬텀과 기사 정상범을 붙여준 것도 그녀였다.

e스포츠 사업으로 이신에게 막대한 수익을 안겨주기도 했고, 직접 팀을 만들고 이끄는 경험도 하게 해주었다.

프로게이머로서 가장 고마운 은인을 꼽으라면 첫째는 최환열, 둘째가 그녀였다.

"얼마 전에 중국에 다녀왔어요."

지수민 부사장이 문득 말했다.

이신은 예상했다는 듯이 고개를 끄덕였다.

"SC스타즈입니까?"

"아시네요?"

눈이 동그래진 지수민.

"아는 사람을 통해 들었습니다. 그쪽에서는 제 영입을 100% 확신하고 있다더군요. 아마 단장님께 따로 빅딜이 제시되지 않았을까 예상했습니다."

이신은 굳이 박영호의 이름은 언급하지 않았다.

"그럼 얘기가 더 쉽네요. SC스타즈는 어떠신가요?"

"괜찮은 팀이라고 생각합니다."

"미국이나 유럽이나 더 끌리는 나라는 없으시고요?"

"없습니다."

이신은 미국이나 유럽에 대한 로망 같은 건 없었다.

월드 SC 그랑프리에서 동서양을 안 가리고 다 때려 눕혔던 이신으로서는 어느 나라나 다 거기서 거기라고 여겼다.

오히려 훨씬 시장이 크고 무서운 성장세를 가진 중국이 유망하다고 봤다.

요즘은 동원할 수 있는 자금력도 중국 팀이 더 좋았고 말이다.

"다행이네요. 그럼 저도 사업권을 포기하지 않아도 되겠어요."

"사업권?"

"중국 e스포츠 프로리그의 스트리밍 사업에 대하여 협력 제의가 들어왔어요."

이신은 눈을 크게 떴다.

"중국의 막대한 e스포츠팬들이 이용하는 스트리밍 서비스 개발에 말이죠. 이쪽 분야에서 우리 올도어의 최근 실적이 아주 좋았기 때문에 협력 제의를 한다고는 하는데……."

"잘됐군요."

"그런데 그 제의를 받은 날에 문자 메시지가 오더라고요."

"……?"

지수민은 의아해하는 이신에게 자신의 스마트폰으로 문자메

시지 한 통을 보여주었다.

**[리쟈 : 선물은 잘 받으셨습니까?]**

'이거였나.'

리쟈의 이름을 보고 이신은 헛웃음을 터뜨렸다.

현재 장양을 돌보기 위해 한국에 있는 리쟈는 장양의 가문에 깊은 관여를 하고 있는 거물이었다.

리쟈가 그런 문자를 보냈다면, 올도어가 협력 업체로 선택되도록 장린투자그룹이 힘을 썼다는 뜻.

즉, 대가로 이신을 SC스타즈에 내놓으라는 거래의 의미였다.

장린투자그룹은 SC스타즈 후원뿐만이 아니라, 중국 e스포츠 사업에 적극적으로 투자를 해왔다.

이는 장양 때문에 시작한 일이었지만, 장린 회장도 나름대로 e스포츠의 가능성을 보지 않았다면 그렇게까지 적극적으로 나서지는 않았을 터였다.

그런 의미로 이신을 데려오기 위해 제안한 이번 빅딜은 그쪽에서도 절대 손해가 아니었다.

뛰어난 스트리밍 기술력과 VOD 수익 모델을 가진 올도어와 협력하여 노하우를 얻을 수 있다.

또한 위대한 프로게이머 이신을 데려옴으로서 세계 e스포츠의 중심이 중국으로 옮겨가는 상징적인 의미까지 손에 넣는다.

중국이나 올도어나 서로 득을 보는 거래였다.

물론 가장 중요한 문제가 남았다.

"이적료와 연봉은 어떻습니까?"

이신이 물어보았다.

돈에 연연하지는 않지만, 프로로서 이보다 중요한 건 없다. 자신이 어떤 대우를 받는지는 중요시 여기는 이신이었다.

"둘 다 e스포츠 사상 최고액을 주겠다고 약속했어요."

"그럼 됐습니다. SC스타즈로 가겠습니다."

"알겠어요. SC스타즈랑 일을 추진하겠어요."

그렇게 이야기가 끝났다.

"그럼 이만."

이신은 자리에서 일어섰다.

그런데 문득, 지수민이 떠나려는 그를 불렀다.

"신 님."

"예?"

이신이 돌아보았다.

지수민은 말없이 자리에서 일어나 그에게 다가갔다.

점점 가까이.

그리고 돌연 그의 품에 안겼다. 강하게 그를 껴안고 가슴에 얼굴을 묻었다.

이신은 흠칫 놀랐지만, 이윽고 피식 웃었다.

"그동안 너무너무 감사했어요."

"저도 감사했습니다."

"아뇨, 제가 얼마나 고마워하는지 모르실 거예요. 신 님은 저의 천사였어요."

"신입니다. 천사가 아니라."

이신의 썰렁한 농담에 지수민은 쿡쿡 웃었다.

선수와 팬으로 만나 지금까지 인연을 이어왔던 두 사람은 그렇게 마지막 작별을 나눴다.

이신의 SC스타즈행이 결정된 순간이었다.


시일이 흘렀다.

프로리그 3라운드 플레이오프 결승전은 올도어SCC의 극적인 승리로 돌아갔다.

이번에도 상승된 기량을 뽐낼 생각이었는지 선봉으로 출격한 존.

하지만 쌍성전자의 선봉은 최영준이었다.

아무리 신족전의 기량이 올랐다지만, 광기신족을 꺾을 정도는 아니었다.

그런데 그 후 올도어SCC가 내민 차봉 카드는 놀랍게도 한태화였다.

1.5군과 2군을 넘나드는 깜짝 카드 한태화.

기습적인 필살 전략에 능하나 운영에 아쉬움이 있었던 한태화였다.

그런데 놀랍게도 한태화는 계속 올인을 할 것처럼 최영준을 속이며 운영을 계속했다.

중반까지도 한태화는 계속 최영준을 몰아붙이며 발전된 장기전 역량을 보여주었다.

하지만 최영준이 필사의 각오로 크게 한판 승부를 벌였고, 맵 센터에서 벌어진 대회전에서 패하였다.

극적인 역전!

최영준은 이후로 특유의 물량을 쏟아내며 판을 뒤집어 버렸다.

한태화는 박수를 받으며 내려왔지만, 명승부의 재물이 된 패배의 고통은 어쩔 수 없었는지 분한 표정이었다.

중견은 주디였다.

주디는 최영준을 상대할 만한 그릇은 아니었기 때문에 다들 올도어SCC의 인선(人選)에 의문을 품었다.

하지만 주디는 놀랍게도 그녀답지 않은 센터 2병영 치즈러시로 최영준을 때려잡았다.

하지만 곧 쌍성전자의 차봉 신지호에 의해 주디는 제압당했다.

신지호는 쌍성전자의 더블 에이스답게 올도어SCC의 부장 장양까지 격파해 기세를 올렸다.

스코어 4—1의 위기 상황.

게다가 3종족 모두 출전해야 한다는 규정상, 이제 올도어SCC는 무조건 신족 플레이어를 대장에 내야 했다.

대장으로 이신이 나서자 경기장이 쩌렁쩌렁한 함성으로 뒤덮였다.

상대는 아직 넷이나 남은 상황.

신족 외에 다른 종족으로 플레이할 수 없는 제한까지 걸린 이신.

그날, 이신은 4킬을 올렸다.

　　　　　＊　　　　　　＊　　　　　　＊

다른 의미로 e스포츠 상반기 이적 시장이 요동치기 시작했다.

애당초 역사상 최대의 매물이 나오기로 했기 때문에 크게 들끓었던 이적 시장이었다.

그런데 그 매물이 이적 시장이 시작되자마자 사라져 버렸다.

**['게임의 신' 이신, 대륙의 품으로]**
**[신은 차이나 머니가 품었다]**
**[사상 최대의 이적료 및 연봉 갱신! 놀라운 이신 효과]**
**[이신, 중국 SC스타즈로 이적]**
**[이신 품은 SC스타즈 "이적 시장은 이제 시작일 뿐"]**
**[신의 몸값은? '경악']**
**[한국을 떠나는 이신 "어딜 가서든 최고가 될 것"]**

이적 시장이 시작되자마자 터진 발표였다.

올도어SCC나 이신이나 잭팟을 터뜨렸기에 언론은 크게 들끓었다.

SC스타즈가 제시한 금액은 매우 심플했다.

1억, 그리고 1억.

한화가 아닌 위안화였다.

1억 위안은 한화로 약 180억 원.

그만한 금액을 이적료로 지불했으며, 또한 이신에게도 같은 금액을 3년 계약의 대가로 지급하기로 약속한 것이다.

프리미어리그의 선수들 평균 연봉이 약 39억 원이라고 했다.

축구도 아닌 e스포츠에서 저만한 금액이 나왔다는 것 자체가 충격과 공포였다.

이것이 역사상 가장 위대한 프로게이머라 자타가 공인하는 이신의 가치!

그리고 이것이 중국 시장과 차이나 머니의 파워였다.

이신을 노리고 있었던 각국의 팀들도 나름대로 돈이 많다고 자부했지만, SC스타즈의 배팅에는 얼이 빠질 수밖에 없었다.

한국에서 활동했어도 그동안 100억 원대의 재산을 축적했던 이신이었다.

그런 이신이 중국으로 진출한다면 연봉을 포함하여서 대체 얼마를 벌어들일지 상상이 되지 않을 정도였다.

"와, 진짜 대박이다. 게임 갖고 3년간 180억을 번대."

"게임도 존나 잘하면 그렇게 버나보다, 이제."

"얀마, 게임 실력만 갖고 되는 일이냐? 최고인데 잘생기기까지 해야 그림이 나오지."

"신이잖아. 신께서는 작심하고 돈벌이 했으면 한국에서도 3년 간 그 정도쯤 벌었을 거라는!"

학생 및 젊은 층은 어딜 가나 이신의 중국 진출 및 연봉 얘기만 했다.

어른들도 마찬가지.

"우리 애도 게임에 미쳐 사는데, 아예 제대로 한번 시켜볼까 해요."

"이신만큼 성공할 수 있다면 모를까, 글쎄요."

"그쪽은 누구나 프로 선수가 될 수 있는 것도 아니라는데요. 그나마도 어릴 때밖에 못하는 일이라⋯⋯."

"그래도 여건이 점점 좋아지고 있다고는 하는데."

이번 일은 e스포츠에 대한 기성세대의 고정관념을 깨뜨린 역사적인 사건이었다.

게임을 가지고도 이 정도로 성공할 수 있다는 것을 이신이 보여준 것이다.

성공의 한계치를 한껏 높여 버린 이신!

게임에 대한 생각이 매우 경직되어 있었던 한국에 충격파를 던져준 셈이었다.

기자들이 벌떼처럼 이신에게 모여들었다.

워낙에 관심이 높았던 탓에 이미 공식적인 사실들이 전부 발표되었음에도 불구하고 여전히 취재 열기가 뜨거웠다.

연습실이며 집이며 죄다 기자들이 포진해 있자, 이신은 공식 인터뷰를 따로 할 수밖에 없었다.

"이신 선수, SC스타즈로의 이적을 택한 이유가 무엇입니까?"

"어디든 상관없이 올도어SCC에 이득이 되는 선택을 하고 싶었습니다."

"올도어 그룹이 중국 e스포츠 프로리그의 스트리밍 서비스 사업에 동참하게 되었는데, 이게 이신 선수를 이적시키는 대가였다는 설이 있습니다."

한 기자가 이적 시장 이전부터 루머로 퍼져 있던 이야기를 질문해왔다.

"겸사겸사 양측 모두 일거양득이었겠죠."

이신은 깔끔하게 궁금증을 풀어주었다.

루머로 떠돌았을 때는 아직 이적 시즌이 되지 않았기 때문에 밝힐 수 없었으나 이젠 상관없었다.

"이신 선수, 먼저 좋은 계약 축하드립니다. 그런 파격적인 계약의 배경에 장양 선수의 부친인 장린 회장의 힘이 작용했다는 이야기가 있는데 사실입니까?"

"모르겠습니다. 영향이 없지는 않았겠지요."

이신은 거침없이 말을 이었다.

"근데 본래 제 가치가 그 정도로 책정된 것이 그리 이상한 일은 아니라고 봅니다."

겸손은 눈곱만큼도 없는 오만한 발언!

하지만 기자들은 그 대답에 달리 반박하지 않았다.

그의 성격이야 원채 유명했고, e스포츠계에 전무후무한 전설을 쓴 이신이라면 충분히 그만한 가치가 있기도 했다.

이미 SC스타즈는 오히려 싼값에 더 많은 이득을 얻었다는 평도 흘러나오고 있었다.

우악스러울 정도로 파격적인 배팅이었는데, 가만히 따지고 보니 세계 팬의 관심을 한 몸에 받는 이신을 품었다는 상징성은 그 효과가 생각보다 대단했다.

올도어까지 참여한 스트리밍 서비스 재편까지 더해져서, 중국 e스포츠 사업의 확대 및 세계화가 탄력을 받는다는 분석이었다.

규모는 크지만 그들만의 리그라는 이미지가 강했던 중국 리그가 이제 이신으로 인하여서 세계 팬의 관심을 받게 될 터였다.

이신은 세계로 통하는 살아 있는 관문이나 다름없었다.

"돈 때문에 팬들과 한국 리그를 버리고 떠나는 거라고 생각 안 하십니까?"

한 기자의 돌발 질문에 다른 기자들이 눈살을 찌푸렸다.

불쑥 그렇게 무례한 질문을 하는 작자는 어김없이 스포츠 신문 쪽이었다.

그들은 e스포츠에는 조금도 관심 없으면서도 이신을 취재하러 가끔 나타나서는 그런 망발을 해대곤 했다.

그들은 e스포츠에서 이신이 가진 위상은 조금도 관심을 갖지 않고 자극적인 기사만 쓰려 했다.

이신이 답했다.

"네."

성의 없는 짧은 대답에 모두들 웃음을 터뜨렸다.

질문을 한 기자가 빨개진 얼굴로 질문을 더 하려 들었지만 이신은 귀찮다는 듯이 다른 기자를 지목해 버렸다.

"중국에서의 향후 목표는 무엇입니까?"

"물론 우승입니다. 개인이든 팀이든 전부."

"SC스타즈는 향후 선수 생활을 마치고 은퇴한 뒤에도 지도자로서 기용할 의향이 있다고 밝혔는데요."

"그건 그때 가서 생각해볼 일입니다. 제가 은퇴하려면 일단 누가 절 꺾어야 합니다. 아직 그런 상대는 안 보입니다."

중국의 프로게이머들에 대한 도발과도 같은 발언.

기자들은 그저 신이 났다.

이제 자존심에 예민한 중국에서 너도나도 이신을 은퇴시키겠다고 발언할 터였다.

"SC스타즈가 한국에서 선수를 더 영입할 생각이라는 소문이 있는데 사실입니까?"

"사실입니다."

이신은 거짓말을 안 했다.

"예?!"

"그게 누구입니까?"

"SC스타즈가 노리는 또 다른 선수가 누구입니까?"

"혹시 장양 선수입니까?"

"제자 가운데 한 사람이 아닙니까?"

눈에 불을 켜고 덤벼드는 기자들.

하지만 이신은 대답하지 않고 인터뷰를 끝내 버렸다.

그 인터뷰 내용은 특집 기사가 되어서 인터넷을 뜨겁게 달구었다.

다들 SC스타즈가 노리고 있는 또 다른 선수가 누구인지 추측

하기 시작했는데, 설마 박영호일 거라고는 아무도 생각하지 못하는 눈치였다.

그래서 소식이 떴을 때 모두가 경악했다.


**['철벽괴물' 박영호 SC스타즈로 이적]**
**[국내 2인자 박영호, 이신과 나란히 중국행]**
**[은메달리스트의 실력자 박영호, 이신과 한솥밥 먹는다]**
**[JKT의 에이스 박영호 이신과 같은 팀으로 이적]**
**[SC스타즈, 박영호까지!]**


JKT 관계자 외에는 아무도 예상하지 못한 눈치였다.

사실 다들 장양을 예상했다.

SC스타즈를 후원하는 장린투자그룹의 장린 회장의 아들이기 때문이다.

한때 자폐증을 앓았던 장양이 스승과 함께 고국으로 돌아가는 행보가 더 그럴 듯했던 것.

하지만 설마 박영호일 줄은 누가 예상했겠는가?

JKT 괴물 제국의 핵심인 박영호가 SC스타즈로 이적한다는 소식이 전해지자 난리가 났다.

이번 개인리그에서 이신의 아성에 도전했던 사상 최고의 도전자였던 박영호였다.

또한 월드 SC 그랑프리에서는 은메달을 획득하며 세계 무대에서 강렬한 인상을 남기기도 했다.

그런 그를 SC스타즈가 또 영입해 버린 것이다.

"박영호 선수의 결정을 존중하며, 그간의 팀을 위한 헌신에 감사한다."

JKT 최용훈 감독의 발표였다.

선수가 원한다면 더 큰 리그로 떠나는 것을 막을 수 없다는 결정이었다.

에이스의 빈자리는 괴물 제국의 새로운 핵심으로 성장한 진철환이 채우게 되었다.

이신에 이어 박영호까지!

SC스타즈의 엄청난 전력 확충에 세계 유수의 팀들이 경악했다.

월드 SC 그랑프리가 곧 개최되는 시기였다.

SC스타즈도 단체전에 출전하는 팀 중 하나였다.

단체전 금메달을 따기 위해 이신과 박영호를 급히 영입했다는 소리를 들을 수밖에 없었다.

돈으로 금메달을 사려 한다는 비난이 일각에서 흘러나왔고, 결국 세계 SC 협회가 새롭게 룰을 개정하기에 이르렀다.

새롭게 이적된 선수는 새 소속 팀을 위해 단체전에 바로 출전할 수 없다는 규정이었다.

그것은 이적 시즌이 시작되기 전에 선수와 접촉하여 협상 작업을 하는 행위를 부추긴다는 이유였다.

그리고 사실 중국에 대한 미국의 견제이기도 했다.

세계 최고의 선수인 이신까지 중국에 간 마당이었다.

거기에 그랑프리 단체전 금메달까지 SC스타즈가 나타난다면?

그게 세계 e스포츠의 중심이 중국으로 이동하는 결정적인 사건이 될 지도 몰랐다.

의외로 SC스타즈는 세계 SC 협회의 이번 개정에 대해 불만을 품지 않았다.

이신의 존재는 워낙 여파가 크기 때문에 결국 이렇게 될 거라는 걸 알고 있었다.

*         *         *

"여, 나의 팀 동료여! 게임을 하시는 겐가?"

박영호가 놀러왔다.

과자와 초콜릿 등을 바리바리 싸들고 온 박영호는 제 집 마냥 거실 소파에 드러눕더니 간식을 야금야금 까먹으며 이신이 하는 게임을 구경했다.

"무슨 일이야?"

이신이 물었다.

"무슨 일이긴, 그냥 놀러 왔지."

"놀긴 뭘 놀아? 여기 앉아."

이신은 턱짓으로 맞은편의 빈 PC 자리를 가리켰다.

주말이지만 다른 제자들은 여전히 연습실에서 훈련 중이기 때문에 빈자리는 많았다.

"아 싫어. 오늘은 그냥 쉴 거야."

와작와작 과자를 씹는 박영호.

이신은 혀를 차고는 계속 게임에 집중했다.

"상대 누구야? 양민이야?"

"양민 같아?"

"아니, 좀 잘하는 것 같은데?"

박영호도 보는 눈은 있었다.

이신의 온라인 대전 상대는 신족이었다.

이신을 상대로 꽤 선전하고 있다는 느낌이 들었다.

일단 인류의 풀 병력 진출을 어떻게 막느냐가 관건이지만, 지금까지는 더 많은 확장 기지를 가진 채 맵 장악을 하고 있었다.

"지우펑."

이신의 입에서 중국인의 이름이 나왔다.

"지우펑? 그게 누구야?"

"SC스타즈 에이스."

그 말에 박영호의 표정이 변했다.

"전 에이스 말이지?"

"이제는 자기가 2인자라고 순순히 인정을 하더군."

그 말에 박영호의 표정이 아니꼬워졌다.

"내 귀가 잘못됐나, 지금 2인자랬어?"

"어."

"빨리 박살 내고 나한테 차례 넘겨. 오늘 아주 참교육 제대로 시켜줘야겠네. 메달 구경도 못 해본 양민이 어디서……."

그 후로 박영호는 계속 등 뒤에서 '핵 쏴버려' 등의 응원을 하며 이신을 짜증 나게 했다.

제5장

작별

"젠장!"

박영호는 주먹으로 키보드를 때리며 분통을 터뜨렸다.

"뭘 화를 내?"

"너무 분해서."

"분해?"

"내 전용 키보드와 마우스였다면 더 처참하게 탈탈 털어버렸을 텐데! 운 좋은 줄 알아라, 짜식!"

박영호는 언제 화냈냐는 듯이 낄낄거리기 시작했다.

박영호는 결국 SC스타즈의 에이스였다는 지우펑을 상대로 3—1로 이겼다.

중국 최고의 프로게이머를 꼽으라면 반드시 포함된다는 지우펑을 격파한 것이다.

물론 그저 온라인 대전일 뿐이었지만, 그래도 대단한 일이었다.

'상성이 안 좋았군. 종족도 스타일도.'

이신은 그렇게 평가를 내렸다.

그가 보기에 지우펑의 피지컬은 그다지 좋지 않았다.

단연 현존 최강의 피지컬이라 해도 과언이 아닌 박영호와 견줄 수가 없었다.

하지만 지우펑은 그런 느린 손과 부족한 피지컬을 전략성과 날카로운 판단력으로 커버하는 스타일이었다.

실제로 이신과는 3—2로 마지막까지 치열한 접전을 치렀었다.

다만 종족 특성상 신족은 괴물에게 약했다.

그리고 박영호는 기본기 위주로 종족 본연의 특성을 끌어 올리는 데 능한 신족 플레이어에게 아주 강했다.

신족으로 박영호를 이기려면 최소한 피지컬에서 밀리지 말아야 한다.

그리고 전투든 컨트롤 기교든 초월적인 센스가 있어야 한다. 이를테면 함께 '쌍영'이라 불리는 라이벌 최영준처럼 말이다.

"이 자식 제법이긴 한데 나한테는 안 될 것 같네?"

"스타일상 그럴 것 같군."

"흐흐, 괜히 쫄았네. 이제 2인자는 내 차지다. 어휴, 못 이겼으면 어쩔 뻔했어? 체면 구길 뻔했잖아."

내심 쫄긴 했던 모양이었다. 사고방식이 참으로 현실적인 박영호였다.

박영호는 내친 김에 채팅 러시까지 시전했다.

—Runner: It's not my keyboard. You are so Lucky! :) :) :) :)

지우펑은 결국 열 받았는지 한국 서버에서 접속을 끊고 나가
버렸다.

박영호는 배를 잡고 낄낄거리다가 문득 심각하게 말했다.

"형, 애 설마 나중에 나 때리거나 하진 않겠지?"

"모르지."

"에이, 그래도 어른인데 설마……."

"내가 본 중국 선수들은 다들 성격이 과격하던데."

이신이 그동안 만났던 중국 선수들은 다들 졌을 때 격하게 분
함을 표출하곤 했다. 대표적으로 월드 SC 올스타전에서 만났던
왕펑카이가 있었다.

그 말에 기세등등할 때는 언제고 안색이 해쓱해진 박영호.

"형, 걔가 나 때리려 하면 형이 말려줘야 해?"

"몰라, 알아서 해."

"아 쫌!"

"그러게 왜 맞을 짓을 해?"

"에이, 됐어! 내, 내 연봉이 얼만데 서, 설마 폭력을 쓰겠어."

애써 위안하는 것치고는 목소리가 떨리는 박영호였다.

"그건 그렇고, JKT는 어쩌겠대?"

이신이 화제를 돌렸다.

"뭘 어째?"

"너 빠졌잖아. 전력 공백은 어떻게 채우겠다는 거야?"

"실력이 확실한 선수를 영입하려고 하더라. 솔직히 그동안 우리 팀이 좀 괴물에 치우쳐져 있었잖아. 이참에 인류 플레이어를 보강할 생각인가 봐. 마침 나 팔아서 이적료도 많이 챙겼으니까 자금은 충분하고."

박영호는 말하다 말고 뭔가가 떠올랐는지 손가락을 딱 튕겼다.

"올도어 측에도 오퍼 넣었을 걸?"

"우리 팀에? 누구?"

"차이랑 존."

"팔겠냐? 차이는 우리 팀 차기 에이스야."

차이는 언젠가는 세계 톱이 될 천재였다. 지금도 이미 그 높이까지 꽤 근접했다.

차이 본인도 야망이 있으니, 더 성장해서 역량 면에서 완성체가 된다면 더 넓은 세계로 해외 진출을 시킬 생각이었다.

그런 이신의 스승으로서의 플랜은 후임 감독인 최환열이 이어받았다.

즉, 해외로 보내면 보냈지, 절대로 국내 팀에 넘겨줄 수는 없다.

"누가 모를까봐? 차이는 그냥 한번 찔러나 보는 거고, 제대로 노리는 건 존이지."

이에 이신은 절로 고개가 끄덕여졌다.

'그럴듯하긴 하군. 존의 입지가 그렇게 탄탄한 상황만은 아니니까.'

올도어SCC는 이신이 떠났음에도 여전히 주전급 선수가 차고 넘쳤다.

더블 에이스급인 차이와 장양.

역시나 웬만한 팀에 가면 에이스 취급을 받을 유진영과 사나다 료.

꾸준히 안정적인 승률을 보이는 주디.

그렇게 탄탄한 5인의 주전 라인업에, 각자 뚜렷한 스타일과 개성을 가진 존과 한태화가 백업 멤버로 받쳐주고 있었다.

2군 선수 중에서는 김재호가 꾸준히 성장세를 보이고 있어 언젠가는 주전급으로 써먹을 수 있을 것 같았다.

심지어 얼마 전에 올도어SCC는 선수를 추가 영입했다.

바로 손지훈.

만성적인 손가락 관절염이 낫자 오랫동안의 부진을 깨고 최근 폼이 돌아온 손지훈이 올도어SCC에 새롭게 합류했다.

그렇게 되니 어딜 가도 붙박이 주전을 해먹을 선수가 8인이나 되는 것이었다.

그렇다 보니 다른 팀에서 불만이 많았다.

올도어SCC의 독제 체제가 될 거라며 우는 소리마저 나왔다.

그래서였을까.

여러 팀에서 자꾸만 올도어SCC에 오퍼를 넣고 있었다.

좋은 선수를 다 쥐고 있지 말고 몇 명은 좀 풀라는 뜻 같았다.

JKT는 박영호의 말처럼 존을 영입하려 하고 있고, 쌍성전자는 괴물 보강을 위해 유진영과 한태화를 노렸다.

에이스 이철한의 원 맨 팀이 되어버렸을 정도로 라인업이 망해버린 CT는 유망한 2군 선수인 김재호를 달라고 오퍼를 넣은 상태.

장양 같은 경우는 중국 팀을 위주로 전 세계의 강호들이 눈에 불을 켜고 달려들고 있었다.

전략연구팀과 선수의 피지컬 관리를 위한 메디컬 팀까지 갖춘 세계적인 명문팀들은 장양의 천재적인 자질을 이미 귀신 같이 알아본 지 오래였다.

물론 올도어SCC의 새로운 수장이 된 최환열은 장양을 절대 내줄 생각이 없었다.

해외 진출을 하더라도 조국인 중국에 돌아가는 게 맞다.

그리고 정신적으로 성숙해질 때까지는 올도어SCC에 남아 연승 행진의 선봉이 되어주어야 했다.

밴쿠버SCC 또한 주디와 존 남매를 모두 노리고 있었다.

본래 노렸던 이신은 물 건너갔고, 실력도 안정된 데다가 캐나다에서는 셀러브리티에 속하는 남매라도 데려오고 싶다는 생각이었다.

"원한다고 다 줬다간 우리 팀이 해체되겠지."

"그래도 존 정도는 줄 수 있잖아? 올도어는 대체 백업 멤버만 몇 명이야? 다른 데서는 다들 2군 선수로 백업을 하거든?"

친정팀인 JKT가 걱정되었는지 한소리를 하는 박영호였다.

"존도 얼마 전에 4킬까지 한 걸 보면 정말 많이 성장했고, 이제 주전으로 뛰면서 경험 쌓을 때도 되지 않았음? 그냥 JKT 줘."

"왜 나한테 그래? 환열이 형이 알아서 하겠지."

"글쎄? 내가 볼 땐 제자들 문제니까 스승인 형의 의견이 중요할 것 같은데……."

박영호는 마치 예견이나 하듯이 그렇게 중얼거렸다.


                    *                    *                    *


이신은 자신의 가산을 하나둘 처분했다.

일단, 현재 살고 있는 용인의 집은 제자들이 쓰게 그냥 놔뒀다.

어차피 돈이 궁한 것도 아니고, 선물받은 집이라 딱히 처분할 필요도 없었다. 나중에 한국에 돌아오면 지낼 곳이기도 했고 말이다.

롤스로이스 팬텀은 더 이상 타고 다닐 일이 없으므로 처분을 하기로 했다.

이신을 럭셔리함을 상징하는 이 푸른색 롤스로이스 팬텀은 꽤 많은 이들이 노렸다.

대표적으로 부사장 지수민.

한때 수년간 해외를 방랑한 이력도 있는 그녀는 직접 스포츠카를 몰고 다니는 걸 더 좋아했다.

그런 주제에 오직 '신님의 것은 모두 수집하고 싶다'면서 웃돈을 얹어주겠다고 요구해왔다.

역시나 같은 이유로 이신교의 돈 많은 대사제들도 경매에 붙여달라며 탐냈다.

어디 그뿐인가?

"선생님, 그냥 저 주세요. 출고가의 2배 쳐드릴게요."

차이가 가볍게 제안했다.

이에 질세라 존이 딴죽을 걸었다.

"돈이야 우리도 어디 가서 섭섭하지 않게 있거든?"

차이와 존이 으르렁거리며 경합을 벌였다.

캐나다 굴지의 재벌 레벨린 가문의 셋째인 존.

그리고 태국 재벌의 아들내미 차이.

금수저들이 격돌했다.

당연했지만 롤스로이스 팬텀 자체를 노리는 게 아니었다.

이런 중고차가 아니더라도 얼마든지 새로 출시된 신차를 구할 수 있다.

제자들은 다만 이신의 것을 물려받는다는 상징성을 탐내는 것이었다.

그렇다 보니 이신이 가장 아끼는 애제자가 이 차를 물려받을 수 있다는 이상한 의미까지 부여되었다.

그러자 멀뚱히 있던 장양이나, 관심이 전혀 없던 주디까지 끼어들었다.

이신의 애제자 자리는 다들 놓치고 싶어 하지 않았다.

결국,

"5판 3선 종족 랜덤으로 승부해."

이신의 말에 제자들이 한 판 승부를 벌였다.

놀랍게도 결과는 존의 승리였다.

피지컬이 좋은 차이나 장양의 승리일 거라고 생각했는데, 놀랍게도 존은 신족과 괴물에서도 기이한 컨트롤 센스를 보이며 다른 셋을 모두 격파했다.

"아자!"

기뻐하는 존을 보며 이신은 조금 혼란스러워졌다.

괴물을 할 때는 실수 한 번 없는 쐐기충 컨트롤을 보였다.

신족을 할 때는 거신병기 무빙이 기가 막혔다.

운영은 서툴렀지만, 컨트롤을 이용한 순간적인 돌파로 승부를 내버리는 칼날 같은 센스는 영판…….

'나를 닮았군.'

최근 맞춤 훈련으로 급성장한 존이었다.

플레이오프에서 MBS를 상대로 4킬을 했을 때, 플레이가 이신의 전성기 시절을 연상케 해서 진정한 후계자라는 소리까지 들었다.

단점을 보완한 맞춤 훈련 결과 그런 스타일이 되었다는 게 놀라웠다.

어찌 보면 존은 누구보다도 이신을 닮은 사람인 것이었다.

이겼다고 기뻐하는 존을 보며, 이신은 여러 가지 생각을 하게 되었다.

그날 밤, 존은 조용히 이신을 찾아와 상담을 청했다.

"선생님, 혹시 제 얘기 들으셨어요?"

"JKT?"

"네."

"환열이 형은 뭐래?"

"둘 중 어느 쪽을 택하든 다 장단점이 있는 것 같다고 하셨어요. 제 의사를 존중하겠다고 하시는데, 그것 때문에 더 고민이에요."

JKT로 가면 붙박이 주전이 되기 쉽다.

출전 기회가 늘어날 것이다.

하지만 이번 시즌 우승이 유력한 팀은 올도어SCC.

커리어에 프로리그 우승과 내년에 월드 SC 그랑프리 단체전 출전이라는 기록을 남길 가능성이 높다.

뿐만 아니라 이곳에서 맞춤 훈련을 통해 급성장한 터라, 이 팀에 남았을 때 성장할 여지가 있고 JKT로 갔을 시에는 미지수였다.

때문에 존은 많은 고민을 할 수밖에 없었다.

그때였다.

"가지 마."

이신의 단호한 말.

존의 눈이 크게 떠졌다.

"정말요?"

이신은 고개를 끄덕이며 다시 한 번 단호히 말했다.

"절대 가지 마."

이럴 땐 맘대로 하라는 대답이 이신이라는 스승의 평소 태도였다.

그런 그가 지금은 칼 같이 잘라 말한다.

"이유를 물어봐도 될까요?"

"차이는 머지않아 해외 진출을 할 거야. 실력적으로도 거의 완성 단계에 이르렀고, 그렇게 야망 있는 애가 언제까지고 한국에 남을 리 없지."

존이 수긍하는 가운데 이신의 설명이 이어졌다.

"그리고 유진영이나 새로 합류한 손지훈이나 적은 나이가 아니야. 언제 부진에 빠져도 이상할 것 없어. 그때 그 빈자리를 채우는 1순위가 너야."

"아……."

"무엇보다 넌 아직 한참 성장하고 있어. 네 한계를 아직 조금도 꺼내지 못했다고 생각해."

"…모르겠어요. 사실 차이나 장양과 비교하면 전 언제나 제 한계를 느끼곤 해요."

이신은 고개를 저었다.

그리고 단호하게 말했다.

"장담하지. 넌 언젠가 나와 같은 수준으로 성장할 거야. 그러니 그때까지 딴 데 가지 말고 여기 있어. 내 스승 격인 환열이 형이라면 널 잘 이끌어줄 거야."

"정말… 제가 선생님처럼 될 수 있다고요?"

"우리가 처음 만났던 날, 넌 디펜시브 지뢰 컨트롤을 구사했지. 그걸 똑같이 흉내 내는 사람은 너밖에 못 봤어."

"……."

이신은 미소를 지으며 존의 머리를 쓰다듬었다.

"조급해하지 마. 난 20세에 데뷔했고, 넌 그 나이 되려면 한참 멀었지."

"……."

"어쩌면 언젠간 우린 그랑프리에서 만날 수도 있을 거야. 그때까지 서로 힘내자."

"…네."

왜인지 존은 눈시울을 붉히며 대답했다.

"그동안 정말 감사했어요, 선생님. 너무 감사해요."

"알고 있어."

그렇게 그들은 작별을 하고 있었다.


\*          \*          \*


이신의 뒤를 이어 정식으로 최환열이 감독으로 임명되었다.

이신의 등장 이전까지 최고의 레전드였던 최환열.

그런 그가 이신의 뒤를 이어 올도어SCC를 이끌게 되자 많은 관심이 집중되었다.

사실 이적 건 탓에 이신의 주변에 대한 관심이 뜨겁게 달아오른 시기이기도 했다.

최환열은 수많은 팀에서 오는 이적 제의부터 처리하기 시작했다.

일단 2군 선수인 김재호를 CT로 보냈다.

올도어SCC의 2군 중 가장 주목할 만한 자질과 성장세를 보인 유망주였지만, 워낙에 1군의 벽이 높은 탓에 더 좋은 기회를 찾아 보내줄 수밖에 없었다.

그리고 한태화는 쌍성전자로 이적했다.

괴물 플레이어의 보강을 노리는 쌍성전자와 주전 자리를 원하는 한태화의 마음이 일치한 결과였기에 보내주었다.

하지만 거기까지였다.

그 이상의 선수 유출은 차단시킨 최환열이었다.

주전 5인에 백업 2인.

이 체제를 유지해야 언제 무슨 일이 생겨도 강한 전력을 유지할 수 있다고 판단한 것이다.

올해 프로리그 우승도 노려야 하고, 나아가 내년에는 월드 SC 그랑프리 단체전도 출장하여서 메달을 따내겠다는 목표를 띤 상황이니 당연한 일이었다.

―이신 선수를 떠나보내고서 올도어SCC에 전력 공백이 생길 것을 우려하는 목소리가 있습니다.

"이신이 출전하지 않은 경기에서도 우리는 진 적이 없습니다. 전력 공백은 없다고 봐도 무방합니다."

감독 취임 기념 인터뷰에서 최환열이 답했다.

―감독으로서의 목표가 무엇입니까?

"일단은 단연 프로리그 우승입니다. 그리고 돌아오는 후반기 개인리그에서 이신의 뒤를 잇는 새 우승자를 배출하고 싶습니다."

최환열은 이미 무패행진 중인 강팀의 새 사령탑이 되었다. 감독으로서 기회와 부담이 공존할 터.

하지만 정말로 극복해야 할 과제는 따로 있었다.

바로 무패행진 중인 이 강팀의 핵심 전력은 대부분 이신의 유산이라는 것.

주디, 존, 차이, 장양은 모두 이신이 키운 제자들이다.

다른 선수들도 대부분 이신이 정확한 안목으로 실력을 가늠하고 뽑았다.

하지만 이제부터는 이신의 능력이 아닌, 팀의 역량이 발휘되어야 한다.

유망주를 미래의 팀 전력으로 키울 수 있어야 하고, 영입 대상선수의 실력과 피지컬 상태를 제대로 분석할 줄 알아야 한다.

'알아서 잘하겠지.'

모든 짐을 차 트렁크에 실은 이신은 출발 전에 잠시 태블릿PC로 최환열의 인터뷰를 보았다.

최환열이라면 잘할 수 있을 거라고 생각이 들었다.

"기다리셨죠?"

주디가 예쁜 하얀색 원피스 차림으로 후다닥 나왔다.

눈부신 금발과 큼직한 푸른 눈동자를 가진 귀여운 소녀.

그런데 작년에 처음 봤을 때보다는 더 어른스러운 분위기였다.

다른 제자들은 연습실로 떠났다.

이신이 귀찮으니까 공항은 한 명만 따라오라고 했고, 주디가 배웅을 나가기로 했다.

"타시죠."

운전사 정상범이 문을 열어주며 정중하게 말했다. 이제 정상범과도 오늘로 작별이었다.

이신은 늘 그랬듯 살짝 고개를 끄덕이고는 주디와 함께 뒷자리에 탔다.

"해외 리그에서 활동하시는 건 처음이신데 괜찮으시겠어요?"

"상관없어. 어디든 게임은 똑같아."

"주거지가 불편하시거나 음식이 입맛에 안 맞는다던가 하면 안 되는데."

"그 문제는 리쟈가 알아서 챙겨주겠다는군. 음식은 어쩔 수 없지만."

"어휴, 저도 따라갈 수 있었으면 좋았을걸."

그렇게 말하면서 주디는 이신을 흘깃 바라보더니 조심스럽게 말했다.

"선생님."

"왜?"

"저도 선생님 쫓아 SC스타즈로 가려고 하면 화내실 거예요?"

그 말에 이신은 쓴웃음을 지었다.

애당초 이신 때문에 그 좋은 캐나다 놔두고 한국까지 와서 e스포츠에 입문한 주디였다.

MBS에서 올도어SCC로 이적한 것 역시 이신을 쫓아서였다.

중국이든 어디든 이신과 함께 가고 싶어 하는 주디의 마음은 모르는 바가 아니었다.

"너도 프로니까 네 판단에 내가 뭐라고 할 리가 없지."

"그래요?"

"하지만 중국은 외국인 선수 제한이 있어서 한 팀당 3명까지야. 나, 영호가 있으니 이제 한 명인데, 그 하나의 기회를 네게 쓸 정도로 SC스타즈가 널 탐낼 것 같지는 않군. 그리고……."

이신의 말이 이어졌다.

"이제 넌 내가 필요 없어. 내가 없어도 잘할 수 있을 거야."

"전 선생님이 필요해요."

"필요 없어. 이제 네 성장은 스스로에게 달렸어."

이신의 단호한 말에 주디는 어쩐지 심술이 난 기색이었다.

그녀는 불만스러운 어조로 물었다.

"그럼 선생님은요?"

"뭐가?"

"선생님은 제가 필요 없어요?"

묘한 의미를 담은 질문이었다. 이신은 잠시 그 질문의 뜻을 이해하기 위해 노력해야 했다.

이윽고,

"필요 없어."

이신의 칼 같은 대답이 떨어졌다.

주디는 떨리는 눈으로 이신을 쳐다봤다.

그리고 이내 고개를 숙였다.

그 뒤로는 더 이상 말이 없는 그녀였다.

다만 꼭 다문 입술에 슬픈 기색이 감돌았을 뿐.

인천국제공항에 도착할 때까지 두 사람의 침묵은 계속되었다.

인천공항에 도착하자 운전사 정상범이 먼저 내려서 트렁크에서 짐을 꺼내주었다.

이신과 주디도 함께 내렸다.

"어? 이신이다!"

"오늘 중국 가는 건가?"

"와 진짜 잘생겼다."

출국 날짜는 비밀로 했기 때문에 기자는 없었다. 하지만 이신을 알아본 주변 사람들이 사진을 찍기 시작했다.

그러거나 말거나 이신은 정상범에게서 짐을 건네받았다.

"잘 다녀오십시오."

정상범이 정중하게 인사한다.

이신은 문득 그에게 손을 내밀었다.

평소의 이신을 봐온 정상범은 의외의 행동에 깜짝 놀랐지만, 이내 웃으며 손을 맞잡아 악수했다.

"그동안 고생 많으셨습니다."

"별말씀을. 중국 가서도 이름을 떨치시길 빌겠습니다."

"예."

그렇게 그동안 이신의 발이 되어준 운전사 정상범과 작별을 했다.

이신은 침울해 있는 주디에게로 시선을 돌렸다.

"……"

주디는 말이 없었다. 작별의 말조차 없었다. 입술이 떨어지는 순간 울 것 같았기 때문이었다.

이신은 나직이 한숨을 쉬었다.

그리고 말했다.

"주디."

"……?"

주디는 대답대신 빤히 이신을 올려다보았다. 눈빛이 약간 화가 나 있는 듯도 했다.

"난 말이지. 이제껏 살면서 누군가가 필요했던 적이 별로 없어. 너도 마찬가지야."

"……."

"하지만 혼자일 때보다는 네가 곁에 있는 게 더 좋을 것 같긴해. 내가 이런 기분이 드는 사람은 네가 처음이야."

주디는 멍하니 이신을 쳐다보았다.

이윽고,

와락!

이신의 품에 뛰어들었다.

놀란 이신은 이내 웃으며 달래듯이 주디의 머리를 쓰다듬었다.

"저 꼭 선생님 쫓아서 SC스타즈 갈 거예요. SC스타즈가 탐낼수밖에 없는 선수가 되어서요."

"그래, 기다릴게."

"가끔 놀러가도 되죠?"

"물론이지."

"보고 싶을 거예요. 벌써 보고 싶어요. 이렇게 가까이 있는데도……!"

주디의 목소리는 울먹거리고 있었다.

찰칵거리는 스마트폰 카메라 소리가 요란했지만 두 사람에게는 들리지 않는 듯했다.

한편,

"뭐해 저 인간들은?"

이제 막 공항에 도착한 박영호는 황당하다는 듯이 서로를 안고 있는 이신과 주디를 바라보았다.

영화배우 같은 미남자와 금발 백인 미소녀는 로맨스 영화의 한 장면처럼 예술적이었다.

"아 존나 부럽다……."

박영호는 저도 모르게 두 사람을 둘러싼 인파에 합류하여 스마트폰 카메라로 사진을 찍었다.

'공항 민폐'란 제목으로 박영호가 올린 SNS 사진은 삽시간에 공유되어서 인터넷을 뜨겁게 달구었다.

한국을 떠나는 이신은 마지막 모습까지 화려하게 빛나는 남자였다.


*          *          *


"둘이 사귀는 거야? 응응?"

기내.

쾌적한 일등석에 앉았음에도 이신은 이 자리가 불편했다.

옆자리에 아주 시끄러운 녀석이 있었기 때문이다.

"아 속 시원하게 말해봐 쫌! 어디까지 갔음?"

"애나?"

"헉, 그럼 두 사람은 어른?"

이신은 그런 박영호를 한심하게 바라보다가 혀를 차며 고개를 돌렸다.

이어폰을 끼고 고개를 돌리는 이신을 보며 입술을 삐죽 내민 박영호는 기내에 가져온 가방에서 무언가를 주섬주섬 꺼냈다.

그것은 무려 17인치짜리 노트북이었다.

"야, 퍼스트클래스가 좋긴 좋네."

내장되어 있던 책상을 꺼내놓고 노트북은 물론이고 가방 안에서 키보드와 마우스까지 꺼내 세팅했다.

이신은 기내에서 이런 짓을 하는 박영호가 미친놈처럼 보였다.

박영호는 게임을 시작했다.

스페이스 크래프트인데, 일반적인 실시간 전략 대전이 아니라 유저가 만든 컨트롤 게임이었다.

일정 숫자의 유닛을 주고, 이걸로 컨트롤해 최대한 많은 수의 적을 사살하는 게임이었다.

박영호에게 주어진 건 쐐기충 11마리와 하늘군주 1마리.

그리고 인공지능이 조종하는 폭탄충들이 밀려들기 시작했다.

박영호는 쐐기충을 한데 뭉쳐서 컨트롤을 시작했다.

날카로운 터닝 샷을 펼치며 자폭하려고 날아드는 폭탄충을 1마리 1마리 제거해나갔다.

사방에서 하루살이처럼 몰려드는데도, 박영호는 요리조리 잘도 피하며 계속 컨트롤한다.

처음에는 기내를 PC방처럼 만들어버리는 박영호가 또라이처럼 보였던 이신.

하지만 어느새 이신의 눈길은 박영호의 컨트롤에서 뗄 수가 없게 되었다.

'부럽다.'

다음에 비행기를 타게 되면 자신도 노트북을 챙기겠노라고 결심한 이신이었다.

"형도 해보고 싶음?"

신기록을 수립한 박영호가 의기양양하게 물었다.

이신은 순순히 고개를 끄덕였다.

"싫은데? 싫은데?"

또 깐죽거리는 박영호.

이신은 그런 그를 패고 싶다는 생각이 치밀었다.

"내가 이걸 왜 하는 지 알아?"

박영호는 이신에게 자리를 양보해주며 물었다.

"컨트롤 훈련에 괜찮을 것 같군."

"에이, 그것 때문만은 아니지."

"그럼?"

"이 양반, 중국에 대해 전혀 조사를 안 했구먼? 이래가지고 중국에서 성공하겠어? 태도가 이래서야 역대급 연봉 도둑 소리 듣겠네."

"뭔데?"

"중국 애들이 분기별로 이벤트로 이런 대회를 열더라."

"……컨트롤 게임?"

"응, 프로게이머고 일반인이고 모두 참가할 수 있는데 상금이 장난 아니야. 우승한 사람은 '신의 손'이라고 부른다더라."

그 말에 이신의 눈빛에 이채가 띠었다.

역시나 e스포츠가 폭발적으로 성장 중인 중국답게 여러 가지 재미있는 시도를 하고 있었다.

"일단은 그랑프리 개인전에서 금메달 따고, 중국 슈퍼리그 우승이랑 프로리그 MVP랑 신의 손이랑 다 휩쓸어 버려야지."

'일단은'이라는 말을 붙인 것치고는 꽤나 거창한 야망을 품고 있는 박영호였다. 바로 옆에 신이 있는데도 말이다.

"재미있겠군."

이신은 미소를 지었다.

중국에 대한 기대감이 한층 더 고조되었다.

이신은 쐐기충 컨트롤에 심혈을 기울이기 시작했고, 3차례의 시도 만에 박영호의 신기록을 깨는 기염을 토했다.

부글부글 끓어오른 박영호가 다시 도전하려 했지만 이미 비행기는 북경에 도착한 뒤였다.

제6장

축제

　북경국제공항에 도착하여서 입국 심사를 마치고 게이트로 나
왔다.

　"꺄아아아아악~!"

　"와아아아아!"

　"카이저! 카이저!"

　이신이 등장한 순간 비명이 난무했다.

　취재를 온 카메라들이 열띤 경쟁을 벌이며 이신과 박영호를
찍고 있었다.

　구름처럼 몰려온 인파가 이신을 향해 열광하고 있었다.

　"이, 이게 뭐야?"

　함께 온 박영호는 놀란 얼굴로 중얼거렸다.

이신의 얼굴에도 당혹이 어렸다.

어딜 가나 팬은 있었지만 이렇게 많은 인파가 기다렸다가 모여든 경우는 처음이었다.

한국에서도 경기 현장이 아니면 이신을 보러 이만한 인파가 집결하는 경우는 없었다.

"내, 내 인기가 중국에서 이 정도였나!"

그 와중에 헛소리를 하는 박영호.

"마중 나온 사람도 안 보이는군."

이신은 주위를 둘러봤지만 팬으로 보이는 사람들 말고는 보이지 않았다.

당연히 SC스타즈의 관계자가 기다리고 있어야 했는데 말이다.

하기야 이만큼 사람들이 몰려들었으니 관계자라고 정신을 차릴 수 있겠는가?

어딘가에서 인파를 헤치고 오려고 낑낑대고 있을 지도 몰랐다.

"형, 어쩔 거야?"

박영호가 옆에서 물었다.

"일단 기다리지."

이신이 그렇게 말했을 때였다.

갑자기 멀리서 검은 슈트 차림의 사내들이 우르르 몰려왔다.

경호원들로 보이는 사내들은 인파를 헤치고 두 사람에게 다가와 정중하게 고개를 숙여보였다.

그중 한 명이 앞으로 나와 이신에게 말했다.

"늦어서 죄송합니다. 시간이 잘못 전달되는 바람에 이제 막 부랴부랴 왔습니다. 중국어는 알아들으시겠습니까?"

"어디서 보낸 분들입니까?"

이신은 대답대신 질문을 던졌다. 물론 중지에 낀 반지의 능력을 통해 유창한 중국어로 말이다.

박영호는 중국어에 능한 이신의 모습이 입을 쩌억 벌리고 경악한 눈치였다.

"저희는 장 노사를 모시는 경호원입니다. 오늘은 특별한 언질을 받고 여기 왔습니다."

은퇴한 거물 정치인 장첸 노사의 경호원들이라니, 이신은 살짝 놀랐다.

아마도 중국 생활에 도움을 주겠다고 했던 리쟈가 보냈으리라 짐작되었다.

"일단 모시겠습니다. 함께 가시지요."

"알겠습니다."

경호원들이 길을 열기 시작했다.

그렇게 이신은 화려하게 중국 무대에 입성했다.

\*          \*          \*

주거지가 마련되기 전까지는 연습실에서 가장 가까운 호텔에서 지내기로 했다.

본래 중국에서도 선수들은 숙소에서 합숙을 하지만, 이신은 역시나 예외였다.

계약 때 이미 합숙 생활을 안 한다고 명시를 했고, 박영호 또한 이신과 함께 지내기로 했다.

다른 팀 선수들과의 화합도 중요하지만, 그것 때문에 불편함을 감수하느니 차라리 그냥 편한 게 나았다.

어차피 축구나 농구 같은 팀 스포츠도 아니고, 결국 혼자 해야 하는 게임이기 때문에 문제없다는 입장이었다.

물론 그렇다고 해도 같은 팀 선수들과는 잘 지내야 하겠지만 말이다.

"와, 호텔 좋다. 그냥 3년간 여기서 살아도 될 것 같지 않아? 투숙비야 형이랑 나랑 반땅 하면 되잖아."

"그것도 나쁘지 않지."

이신도 고개를 끄덕였다.

확실히 청소도 해주고 전화하면 룸서비스도 오니 호텔이 좋긴 했다.

하지만 그럴 일은 없을 것 같았다.

리쟈가 모든 편의를 다 봐주겠다고 했으니 아마 이 호텔에서 지내는 것보다 훨씬 더 쾌적한 주거지를 마련해줄 터였다.

각자 방에서 짐을 푼 두 사람은 일단 SC스타즈의 연습실로 가기로 했다.

호텔 1층에 내려오니 예의 그 경호원들이 기다리고 있었다.

"일단 받으십시오."

경호팀장이 이신에게 웬 스마트폰을 건네주었다.

"이게 뭡니까?"

"앞으로 중국에 있는 동안 그걸 쓰시면 됩니다."

"스마트폰 말고는 없습니까?"

"죄송합니다. 저는 전달을 받았을 뿐이라."

"아닙니다. 잘 쓰겠습니다."

정신 산만해지는 게 싫은 이신은 스마트폰을 매우 꺼렸다.

노인네 같다고 놀림 받은 뒤에도 몇 번이고 스마트폰을 사용해 보려고 시도했으나, 결국 번번이 실패로 돌아갔더랬다.

시도 때도 없이 갖가지 알림이 뜨니 짜증이 치밀어서 던져 버리게 되는 것.

하지만 선물로 주니 안 받을 수가 없었다.

"형, 뭐래?"

멀뚱히 쳐다보던 박영호가 물었다.

"나 쓰라고 주는데."

"헉 진짜? 나는?"

"알 게 뭐야."

"그러지 말고 내 건 없냐고 물어봐주라."

"싫어."

"아 쫌!"

"나중에 통신사 가서 알아서 해결해."

SNS를 격하게 사랑하는 박영호는 마약 중독자처럼 안절부절 못하며 졸라댔다.

급기야 경호 팀장에게 직접 손짓 발짓으로 대화를 시도하다가 이신에게 붙잡혔다.

"놔 봐!"

"나중에 말해놓을 테니 부끄럽게 하지 좀 마."

"진짜지?"

그제야 간신히 박영호를 진정시킬 수 있었다.

그러면서도 한국에서 가져온 스마트폰을 꺼내 와이파이를 찾아다니며 유난을 떠는 박영호였다.

경호팀이 제공한 차량을 타고 이동하니 5분도 되지 않아서 목적지에 도착했다.

시가지의 커다란 빌딩이었는데, 그곳에서도 기자들과 팬들이 진을 치고 있었다.

차량이 지하 주차장으로 내려가려 할 때, 이신이 말했다.

"여기서 내려주십시오."

"예? 사람들이 너무 많습니다."

"괜찮습니다. 공항처럼 번잡하지 않으니 인사나 해야겠습니다."

"알겠습니다."

차가 잠시 멈춰 서자 이신이 내렸다.

박영호 역시 따라 내리고는 졸졸 뒤를 따랐다.

"저쪽이다!"

"이신이 저기 있다!"

"가자!"

"꺄아아아아악!"

"잘생긴 것 좀 봐!"

"신을 직접 보게 되다니!"

기자들이나 팬들이 우르르 몰려든다.

함께 내린 경호원들이 방어를 해주는 가운데, 이신은 기자들이 쏟아내는 질문을 하나씩 받아 답해주기 시작했다.

"이신 선수, 중국에 온 것을 환영합니다."

"감사합니다."

"중국의 많은 팬들이 이신 선수를 환영해 주었는데 소감 한 말씀 부탁드립니다."

"이렇게 많은 팬이 중국에 계실 줄은 몰랐습니다. 놀랍고 감사합니다."

"e스포츠 사상 최고액의 연봉을 받게 되셨는데 기분이 어떠십니까?"

"그만큼 제게 거는 기대가 많은 것이라 생각됩니다. 최선을 다해 이에 부응하겠습니다."

이신의 입에서 쏟아지는 유창한 중국어는 모두를 경탄시켰다.

한 기자가 이를 물었다.

"중국어가 굉장히 능통한 점이 인상적입니다. 중국 진출을 계획하고 공부를 해왔던 겁니까?"

"예, 틈틈이 공부했습니다."

"선수 활동을 하는 중에 특히나 어려운 중국어를 익히는 게 힘들었을 텐데 비결이 있습니까?"

"그래서 회화만 할 줄 알고, 문맹입니다."

이신의 답에 기자들이 웃음을 터뜨렸다.

능통한 이신의 중국어는 기자들과 팬들의 호감을 샀다.

"중국에서의 목표가 무엇입니까?"

"할 수 있는 모든 우승."

"오오!"

"역시!"

"하긴 카이저라면……."

"저럴 자격이 있지."

박수가 터져 나왔다. 이신은 가볍게 고개 숙여 답례했다.

"중국의 프로리그 수준에 대해 어떻게 생각하십니까?"

"평균적인 수준이 눈에 띄게 높아지고 있고, 특히 컨트롤 같은 테크닉 측면은 세계적인 수준입니다."

"우승이 목표라고 하셨는데 그 뜻을 이루는 데 위협이 될 만한 중국 선수로 누가 있다고 생각하십니까?"

그 질문에 이신은 미소를 지었다. 그리고 또 하나의 명언이 될 발언을 했다.

"아직 지구에서 제 적수를 만나보지는 못했습니다."

"와하하하!"

"좋다!"

"멋지다!"

그 대답은 또다시 갈채를 받았다.

호응이 굉장히 좋은 중국인의 반응이 이신에게는 매우 신선하게 받아들여졌다.

이신은 인터뷰가 충분하다 싶은지 기자들에게 박영호에게 질문을 해달라고 요청했다.

박영호는 이신의 통역 덕에 무리 없이 인터뷰를 할 수 있었으나, 자신의 입담을 과시하지 못한 걸 매우 아쉬워했다.

그렇게 인터뷰를 모두 마치고서야 안으로 들어갈 수 있었다.

SC스타즈의 연습실은 굉장히 규모가 컸다.

PC방 같은 선수 연습실은 수많은 선수가 치열하게 게임을 하고 있다.

잠시 쉬고 있던 선수들이나 열띠게 지도하는 코치들이나 두 사람을 발견하자 화들짝 놀랐다.

"이신?"

"카이저 맞지?"

"지, 진짜다!"

"카이저가 도착했어!"

"카이저랑 러너야! 두 사람 경기 본 게 얼마 전인데."

"나도 한 판 붙어보고 싶어."

급기야 연습 게임을 중단하고 이신과 박영호 일행을 구경하는 선수들까지 생겼다.

상황은 왕춘 감독이 나타나고 나서야 정리가 되었다.

"어서 오십시오. 오느라 고생 많으셨습니다."

"감사합니다. 말씀 편히 하셔도 됩니다."

"하하, 아닙니다. 아무튼 두 분 모두 환영합니다."

그때 박영호가 불쑥 물었다.

"근데 지우펑이 누구예요?"

그 물음에 이신은 눈살을 찌푸렸다.

그대로 통역해 주자 왕춘 감독은 웃으며 지우펑을 불러주었다.

불러나온 지우펑은 전에 박영호에게 3—1로 졌던 터라 표정이 좋지 않았다.

박영호는 히죽히죽 웃으며 악수를 청했고, 지우펑은 심통 맞은 표정으로 고개를 저었다.

"어허, 이 친구 츤데레 보소. 그런다고 나와 라이벌 구도가 형성될 것 같아? 내가 온 이상 알짤 없이 님은 3인자거든? 형, 빨리 통역."

"……."

이신이 이를 통역해주자 지우펑은 발끈해서 한 번 더 제대로 붙자고 소리쳤다.

박영호는 지치지도 않는지 깔깔거리며 좋다고 백 팩에서 키보드와 마우스, 마우스 패드를 꺼냈다.

그렇게 두 사람이 당장 게임에 돌입하는 동안 이신은 왕춘 감독과 대화를 나눴다.

"조만간 월드 SC 그랑프리 참가를 위해 미국에 가야 하는데 코칭스텝 몇 명과 1군 선수 전원이 동행할 겁니다. 이신 선수도 개인전에 참가하지요?"

"예, 저랑 박영호도 참가하게 됩니다."

한국에서 그랑프리 개인전에 출전하는 사람은 이신, 박영호,

신지호였다.

작년 후반기와 올해 전반기 개인리그의 우승자와 준우승자에게 출전권이 주어지기 때문이다.

"우리 쪽에서는 지우펑이 개인전에 참가합니다. 부디 너무 일찍 서로 마주치지는 않았으면 좋겠군요."

그날은 그렇게 서로 소개를 하며 하루를 보냈다.

                    *              *              *

'음?'

북경에 도착하여 분주한 하루를 보내고서 호텔에서 잠들었다.

그리고 깨어나 보니 마계였다.

"소환이 된 모양이군."

영지에 있는 자신의 침실 위였다.

얼마나 잤는지는 모르겠으나, 영지에서 흐르는 특유의 회복의 기운 덕에 몸에 활력이 넘쳤다.

—카이저, 깨어나셨나요?

문득 머릿속으로 그레모리의 음성이 텔레파시로 들렸다.

'예.'

—그럼 이리로 와주세요. 긴히 상의할 일이 있어요.

'서열전입니까?'

—맞기도 하고 아니기도 해요.

'예?'

그레모리의 궁전으로 걸어가면서 이신은 의아함을 느꼈다.

그러다가 이신의 뇌리로 어떤 기억이 스쳤다.

'일전에 나폴레옹이 말했던 그 '축제'입니까?'

—맞아요.

이윽고 궁전에 들어서자 정원이 내려다보이는 테라스에서 티타임을 즐기는 우아한 귀족 여성이 보인다.

그레모리였다.

"잘 지냈나요, 카이저?"

"예, 축제라는 게 정확하게 무엇입니까?"

이신은 바로 본론을 물었다.

"이걸 봐주세요."

그녀가 보여준 건 웬 양피지 한 장.

양피지에 검붉은 피로 으스스한 필체로 쓰인 글귀가 눈에 들어왔다.


1. 본 마신이 개최할 이번 행사는 '72악마군주의 축제'라 명명하노라.

2. 오직 악마군주만이 축제에 참여할 수 있다.

3. 참가 시 5만 마력을 배팅해야 하며, 참가하지 않아도 무방하나 상승(上乘)의 기회 또한 놓치리라.

4. 세 악마군주가 한편이 되며, 다른 편과 3대 3 서열전을 벌여 최종 승자를 낸다.

5. 최종 승자가 된 세 악마군주는 이번 축제에 배팅된 전 마력을 3등분하여 가진다.

꿈틀거리는 듯한 놀라운 필치만큼이나 내용 또한 놀라웠다.

*          *          *

72악마군주의 축제.

실로 놀라운 축제였다.

참가하려면 5만 마력을 배팅해야 한다.

72악마군주가 모두 참가한다면 무려 360만 마력이라는 막대한 판돈이 걸린 무시무시한 승부가 된다.

만약에 여기서 승리를 거둔다면 360만 마력을 셋으로 나눠도 120만 마력!

"최종 승자가 된다면 순위를 크게 건너뛸 수 있겠군요."

"맞아요. 그래서 고민이 되는 거예요. 카이저는 어떻게 생각하시나요?"

"최종 승자가 되지 않으면 무조건 5만 마력을 잃게 됩니다. 참가하지 않는 것 또한 하나의 전략이 될 수 있습니다."

"그렇겠네요. 한창 서열 경쟁이 치열한 구간은 5만 마력으로인해 큰 변동이 발생할 테니까요."

"일단 내용을 더 읽어봐야겠습니다. 정확한 서열전 방식을 봐야겠습니다."

"그러세요."

이신은 양피지에 쓰인 글귀를 계속 읽었다.

6. 본 축제에 참가한 악마군주의 숫자가 3배수가 되지 않을 때는 하위 서열 악마군주의 참가를 강제로 취소시킨다.

7. 편의 구성은 최상위 서열의 악마군주들이 순서대로 한 명씩 지명하는 방식으로 하며, 최상위 서열의 악마군주끼리 편을 이룰 수 없다.

8. 서열전은 계약자 6인이 모두 참전하여 치르며, 이를 위해 8인용 전장, 제 13 전장 그레이어스를 개방한다.

9. 대결은 3차례를 치러 2승을 먼저 올린 편의 승리로 한다.

"제 13 전장?"

"이번 축제를 위해 새롭게 마련한 전장인 모양이네요."

한마디로 팀플레이를 위한 8인용 맵이었다.

'한 명씩 나가서 경기를 치르는 프로리그 방식이 아니라 정말로 3:3 팀플이었군. 이러면 변수가 너무 많은데.'

기본적으로 이신은 일대일 승부라면 설사 상대가 나폴레옹이라도 이길 자신이 있다는 마인드였다.

실제로 이길지 질지는 모르나 적어도 실력과 자신감은 충분했다.

다만 아직도 다 파악 못한 수많은 서열전의 변수들이 존재한다.

상대 계약자의 악마로서의 고유 능력이나, 그 휘하 사도들의 능력 등이 바로 그것이다.

게다가 전장에 소환되는 병력들은 코딩(Coding)으로 짜인 인공지능이 아니므로 능력이 제각각이다.

심지어 3:3이라니?

이러면 변수가 너무 많다.

설사 최고의 실력을 지닌 계약자라도 승리를 장담 못 한다.

중요한 건 아군 간의 호흡.

"최상위 서열의 악마군주끼리는 편을 먹지 못한다면 더 공정한 대결이 되겠네요."

"나폴레옹이 그래서 다른 계약자를 보러 다닌 걸 겁니다."

"나폴레옹과 한편이 된다면 우리에게 승산이 있겠어요."

기뻐하며 말하는 그레모리.

그러나 이신은 팀플레이의 본질을 알기 때문에 고개를 저었다.

"꼭 그렇다고 보기도 힘듭니다."

"어째서죠?"

"실력이 중요한 부분을 차지하는 건 맞지만, 그 기준은 일대일 능력이 아니라 다른 부분에 있습니다."

"음, 아무래도 같은 편끼리의 호흡 같은 거겠죠?"

"예, 그리고 무엇보다 종족도 크게 작용합니다."

"종족?"

"3대 3의 단체전이면 서로 조금씩 병력을 모아도 상대편의 한

명을 끝장낼 만한 전력이 모입니다. 이런 특성상 장기전보다 초반의 싸움에 더 승부의 비중이 커지는 겁니다."

"초반에 약한 휴먼이 불리하겠네요."

그래도 이신의 서열전을 많이 봐온 덕에 안목이 높아진 건지 옳은 말을 하는 그레모리였다.

"예, 압도적으로 마물이 유리합니다."

"마물 셋이 한편을 이루었을 때 가장 강하다는 뜻인가요?"

"그렇게까지는 아니고, 어느 정도 종족 간의 조합이 중요합니다. 마물이 최소한 하나는 껴 있어야 하고, 둘이면 더 좋습니다."

"악마군주 아가레스의 계약자 나폴레옹도 휴먼이고 우리도 휴먼이네요. 좋은 조합이 아니겠어요."

"예."

이신은 가만히 생각에 잠겼다.

나폴레옹이 자신을 지명한다면, 휴먼이 둘이 된다.

그렇다면 최소한 나머지 하나는 마물이어야 한다.

'가만?'

문득 이신의 뇌리로 어떤 아이디어가 스쳤다.

자신은 보통의 휴먼이 아니었다.

이신의 회복 능력이 있다면 혹시 모른다.

이신의 존재는 그 자체로 시작부터 의무병이 하나 주어진 것이나 다름없는 역할을 하기 때문이다.

'이제 중급 악마가 된 탓에 범위 치유가 가능해졌지. 의무병이 여럿 있는 것과 같은 효과다.'

즉, 이신은 초반부터 힘을 발휘할 수 있는 아주 특이한 휴먼이었다.

'그렇다면 나머지 하나가 마물이라는 가정 하에서는 어느 정도 괜찮은 조합이 나올 수도 있겠군.'

생각 끝에 이신이 말했다.

"잘하면 나폴레옹과 한편이 되는 게 좋은 선택이 될 수 있겠습니다."

"하지만 그건 그쪽에서 우리를 지명하느냐에 달린 문제겠죠?"

"그렇습니다. 그것도 하나의 변수입니다."

이신은 현실 세계에서 스페이스 크래프트를 하면서 팀플레이 또한 경험해 보았다.

하지만 나폴레옹은 아니다.

오랜 세월 일대일 서열전만 해본 나폴레옹이 이신과 같은 판단을 한다고 장담할 수가 없다.

"이쪽에게 선택권이 없다는 것 또한 하나의 문제이겠군요. 만일 참가한다면 나폴레옹에게 운명을 맡겨야 합니다."

"카이저의 의견을 들어보니 역시 쉬운 싸움이 아니겠어요. 어쩌면 참가하지 않는 쪽이 더 좋은 선택이 될 수도 있겠고요."

앞서 말했듯 그 또한 하나의 전략이다.

남들이 참가했다가 져서 5만 마력을 잃을 때, 이쪽은 아낄 수 있다. 그것 자체로도 서열 경쟁에서 이득을 보는 것이다.

'아마 이 같은 생각 때문에 참가하지 않는 악마군주도 꽤 있겠군.'

5만 마력에 명운을 걸어야 하는 최하위권에서는 아예 참가할 엄두도 내지 못할 터였다.

하지만······.

'최종 승자가 된다면 엄청난 잭팟이 터진다.'

순위가 단숨에 상위로 점프한다.

나폴레옹이 있는 최상위까지 가시권에 넣을 수 있다.

이신은 지금껏 살면서 우승을 숱하게 거둬본 인물이었다.

우승할 확률이 낮다고 포기하는 성격의 소유자가 아닌 것이다.

"하죠."

"괜찮을까요?"

"기회가 있는데 포기하는 건 제 취향이 아닙니다."

"최종 승자까지 살아남지 않으면 아무것도 얻지 못할 텐데요?"

"이건 도박이 아니라, 노력 여하에 따라 얼마든지 이길 수 있는 승부니까요. 절 믿으신다면 참가하십시오."

"그렇게 말씀하시면, 당연히 저는 거절할 수가 없죠."

그레모리는 우아하게 미소 짓더니, 엄지에 피를 내 양피지에 찍었다.

파아앗!

양피지에서 불길한 붉은 빛이 번뜩였다.

이윽고,

[악마군주 그레모리님께서 72악마군주의 축제에 참가하

셨습니다.]

[마력은 총 5만이 배팅됩니다.]

[악마군주의 참가가 모두 완료되면 지명이 시작됩니다. 지명을 기다려 주십시오.]


전장에서 익히 들었던 시스템 같은 음성이 울려 퍼졌다.

악마군주 그레모리와 이신은 그렇게 축제 참가를 결정지었다.


\*            \*            \*


참가를 결정한 후, 나폴레옹에게서 연락이 왔다.

―참가했다는 소식은 들었네.

'벌써 들으셨습니까?'

―최상위 서열에 있는 악마군주에게는 다른 악마군주의 참가 소식을 바로로 알 수 있으니까.

'참가율은 얼마나 됩니까?'

―생각보다 참가율이 높은 편일세.

'적을 줄 알았는데 의외로군요.'

―악마란 존재가 다 그런 법이지. 위험보다 얻을 수 있는 이득에 더 마음을 빼앗기는 경향이 있거든.

그 말대로라면, 조심성이 많은 그레모리가 악마군주로서는 더 특이한 경우라고 할 수 있으리라.

최하위까지의 추락을 경험해 봤기 때문인지도 몰랐다.

—하지만 우리 같은 최상위에서는 5만 마력이 별거 아니니까 기꺼이 참가하지.

'하위에서는 5만 마력이 꽤 크기 때문에 불참하는 경우가 더 많겠지요.'

—그렇다. 결국 축제의 수준이 상당히 높아진다는 뜻이지. 그만큼 상위 서열의 실력자들만 참가할 테니까.

나폴레옹의 말이 이어졌다.

—그건 그렇고 그보다 한번 만나고 싶군. 시간은 언제가 괜찮겠나?

'저야 지금 당장도 상관없습니다.'

—하하, 좋다. 바로 가지.

그리고 나폴레옹과의 텔레파시가 끊어졌다.

그런데 그 직후였다.

"카이저, 또 카이저를 찾는 텔레파시가 왔네요."

그레모리의 말에 이신은 의아해졌다.

"누구입니까?"

"악마군주 안드로말리우스 측에서 왔어요."

"……오운이군요."

오자서에게서 온 연락이었다. 아마 그쪽도 참가를 결정한 모양이었다.

이신은 그레모리의 도움을 받아 오자서와 대화를 시작했다.

—오랜만이군. 축제는 참가했나?

'예, 그쪽은 어떻습니까?'

―참가하기로 했네.

'건투를 빌겠습니다.'

―하하, 그러기 위해서는 자네의 도움이 필요하지.

'그게 무슨 말씀이신지?'

―이번 축제는 아무래도 아군 간의 조화가 관건이라고 생각되네.

'동의합니다.'

―그러려면 신뢰가 필요한데, 내가 가장 신뢰할 수 있는 계약자는 자네뿐이야.

'하지만 같은 편을 정하는 건 우리가 할 수 있는 일이 아닙니다.'

―나폴레옹과 자주 만난다고 들었네.

'그야 그렇습니다.'

―아마 나폴레옹은 미리 알고서 자네를 점찍었다는 뜻인데, 두 사람이 보게 되면 그 자리에 나도 한 번 끼어서 대화를 나눠보고 싶군.

오자서는 나폴레옹과 이신의 편에 합류하고 싶은 모양이었다.

솔직히 얼마나 가능성이 있을지는 미지수였다.

나폴레옹이라면 더 상위권에 있는 계약자를 만나보았을 터.

오자서가 이런 말을 했다면, 나폴레옹과 만나본 적이 없다는 뜻이다.

즉, 나폴레옹은 여러 계약자의 실력을 살피고 다녔지만 오자서는 안중에 두지 않았다는 말이 된다.

'자리를 만드는 것이야 문제없지요. 마침 지금 당장 보기로 했습니다.'

—그럼 나도 그리로 가겠네.

'그렇게 하십시오.'

대화가 끊어지고서 이신은 잠시 생각했다.

마침 한 명 정도는 마물도 필요했다.

오자서라면 결코 우둔한 인물도 아니다.

실력은 아직 직접 확인하지는 못했지만, 그 또한 지금까지 상승세인 것을 보면 녹록치는 않을 터였다.

'나폴레옹도 오자서의 실력을 일단 확인해야 하니, 겸사겸사 나도 함께 보고 판단하는 수밖에.'

한 가지 걱정 되는 점은 있었다.

바로 자존심.

팀플레이 게임에서 중요한 것은 메인 오더의 리더십이다.

메인 오더의 통솔에 팀원들이 잘 따라줘야 한다.

사공이 많으면 배가 산으로 가듯, 메인 오더는 하나여야 한다.

그런데,

'자존심 센 인간들뿐이군.'

유럽 전역을 휩쓴 정복자 나폴레옹.

혼자 스스로 황제가 된 그의 자존심이야 말할 필요도 없다.

오자서 또한 만만치 않다.

원한을 갚기 위해 죽은 왕을 무덤에서 끄집어내 채찍질한 독한 작자가 아닌가.

워낙 잘난 문무겸비의 인물이라 그런지 성격도 상당히 오만했다고 알려져 있는 오자서였다. 자신이 모시던 왕과 반목했을 정도이니 말이다.

그리고…….

'나도 할 말은 없다.'

이신도 어디 가서 겸손하다는 말을 들은 역사가 없었다.

'그래도 일단은 나폴레옹이 오더가 되고 우리가 따르는 체제로 연습을 해봐야겠지.'

그러나 이신은 자각하지 못했다.

자기도 모르게 '일단은'이라는 전제를 덧붙였다는 것을.

\*            \*            \*

나폴레옹과 오자서는 비슷한 시간에 도착했다.

"나 외에 다른 손님이 오셨군."

나폴레옹은 오자서를 응시하며 물었다.

오자서는 정중하게 인사했다.

"악마군주 안드로말리우스의 계약자 오운 자서라고 하오."

"중국인인가?"

"그렇소, 오자서라 불러주시오."

"반갑네, 오자서. 악마군주 안드로말리우스라면 최근에 서열이 계속 상승 중인 그쪽이군."

"알아주시니 영광이오."

나폴레옹은 자연스럽게 하대를 했고, 오자서도 이를 인정하는 눈치였다.

그렇게 훈훈하게 첫인사를 나누나 싶었다. 하지만,

"여러 계약자를 눈여겨보며 살피셨다고 들었는데, 애석하게도 저는 눈에 들지 못했나 보오?"

실력 있는 계약자를 확인하러 다녔으면서 왜 자신은 보러 안 왔느냐는 원망이었다.

나폴레옹은 가볍게 웃으며 대답했다.

"미안하네. 같은 편은 2명밖에 지명할 수가 없어서 주로 상위 서열을 둘러보았네."

"이해하오. 언젠간 그대가 눈여겨볼 만한 위치로 올라가리다."

"기대하지."

"한데……."

오자서의 말은 끝나지 않았다.

"만일 내가 공에게 힘을 보태준다면, 어쩌면 그날이 더 빨리 올 수도 있지 않겠소이까?"

"호오? 자네를 지명하면 이번 축제에서 우승할 수 있을 거라는 뜻인가? 자신감이 대단하군."

"한번 이 몸의 실력을 시험해 달라는 뜻이었소."

"흐음, 글쎄……."

나폴레옹은 확답대신 잠시 오자서의 위아래를 훑어본다.

"종족이 무엇인가?"

"괴물이오."

"종족은 합격이군."

나폴레옹은 눈웃음을 지었다.

그는 이번에는 이신을 바라보며 말했다.

"그대가 이 사내에 대해 이야기해 보아라. 어떤 인물인지 네 평을 듣고 싶군."

그 말에 이신은 곰곰이 생각하다가 입을 열었다.

"손자병법 쓴 사람과 동시대 사람입니다."

"오, 손자와?"

손자병법이라는 말에 나폴레옹이 반색했다.

오자서는 피식 웃으며 고개를 끄덕였다.

"손무 장군과는 같은 나라에서 함께 활약했소."

"오, 그렇군. 손자병법이라면 마계에 와서 동양의 병서에 관심이 생겨서 읽어보았지. 인간사의 핵심을 찌르는 멋진 병서였어."

나폴레옹의 말에 이신은 흠칫했다.

사실 나폴레옹이 살아생전에 손자병법을 읽었다는 상식 때문에 해본 말이었다.

그런데 지금의 말을 들어보면 나폴레옹은 생전에는 손자병법을 읽지 않은 듯했다.

그도 그럴 것이, 사실 나폴레옹이 손자병법을 읽었다는 뚜렷한 증거 같은 건 없었다.

오히려 나폴레옹은 청년 장교 시절 기베르 장군의 명저(名著) '전술학개론'을 공부했다.

이 전술학개론은 세세한 군사 실무보다는 전쟁의 핵심적이고 정치적인 사안을 담고 있었는데, 이 내용이 손자병법과 일맥상통한 부분이 많았다.

"어쨌든 동양에서 그의 이름과 활약을 모르는 사람은 없고, 제가 직접 겪어본 바로도 시류와 사람을 보는 안목이 정확하다는 인상을 받았습니다. 다만······."

"다만?"

"가장 중요한 서열전 실력은 사실 저도 본 적이 없어 평할 길이 없습니다."

"흐음, 그렇다 이거지?"

나폴레옹은 슬슬 오자서에게 흥미로운 눈길을 보내기 시작했다.

사실 살아생전이나 죽어서나, 나폴레옹에게 자기 능력을 어필하려는 사람은 얼마나 많았겠는가?

그걸 일일이 관심 줘봐야 피곤해질 뿐이었다.

하지만 오자서의 경우는 제법 상승세인 계약자였고, 이신의 평도 있으니 흥미를 갖게 된 것이다.

"내게 기회를 주시오. 나 역시 실력을 입증하지 않고 말만으로 마음을 얻을 생각은 없었소."

"좋지. 적어도 말만 앞서는 사내는 아닌 것 같군. 하기야, 이곳에서 악마군주의 계약자 중에 그런 소인배는 본 적 없지만 말이야."

그렇게 오자서의 실력 테스트가 성사되었다.

나폴레옹은 한 가지 색다른 제안을 했다.

"일대일로 모의전을 해봐도 되지만, 그건 이번 취지에는 불충분하다고 생각되는군. 내 생각인데, 2 대 2는 어떤가?"

"2 대 2?"

이신이 물었다.

나폴레옹이 말했다.

"자네의 심복인 질 드 레가 있지 않나. 나와 오운이 한편이 되고 자네와 질 드 레가 편이 되어서 겨뤄보잔 말일세."

그 말에 오자서의 눈빛에 이채가 띠었다.

나폴레옹과 오자서가 한편.

그것은 오자서가 얼마나 지시를 잘 이행하는지 보겠다는 나폴레옹의 심중이었다.

만약 오자서의 자의식이 강해서 지시보다 자기 판단을 더 중시 여긴다면, 아무리 실력이 좋아도 나폴레옹은 그를 내칠 가능성이 높았다.

팀플레이란 그런 것이었다.

'불리하긴 하겠지만 재미있겠군.'

질 드 레는 계약자가 아니었다. 따라서 악마로서의 능력도 펼칠 수 없고 사도도 없다.

대신 오랫동안 이신의 모의전 상대가 되어주면서 서로에 대해 잘 안다.

그만큼 호흡이 잘 맞으며, 질 드 레는 충성심이 있으므로 이신의 지시를 신뢰하고 칼같이 따른다.

나폴레옹과 오자서의 실력이 궁금했던 이신으로서는 좋은 기회였다.

*      *      *

모의전에서의 팀플레이는 처음이었다.

그래서 어떤 방식으로 될지 알 수 없었는데, 다행히 막상 시작하자 쉽게 적응할 수 있었다.

제4전장 엔터홀.

스타팅 포인트는 4군데이며, 마력석이 분포된 지역이 많아 마력석 채집장을 많이 건설할 수 있는 게 특징이었다.

시작 위치는 다음과 같았다.

11시, 이신.

1시, 나폴레옹.

5시, 질 드 레.

7시, 오자서.

피차 아군이 가장 먼 대각선 위치에 있는 구도였다.

모의전이 시작되자 이신은 자신의 진영뿐만 아니라, 질 드 레의 진영까지 모두 볼 수 있었다.

아군끼리는 서로 시야가 공유되는 모양이었다.

'다행히 크게 복잡하지는 않군.'

이신은 즉각 방향성을 잡고 질 드 레에게 오더를 내렸다.

'헬하운드를 모으고 적 동향을 놓치지 말고 파악해.'

질 드 레는 헬하운드를 초반부터 많이 소환해서 병력을 운용했다.

여기저기 공격 모션을 취하며 압박하는 한편, 적 병력의 동향 파악에 힘썼다.

질 드 레가 이리저리 바쁘게 다니며 적을 압박하는 동안, 이신은 테크 트리를 올리면서 앞마당에 마력석 채집장 구축을 시도했다.

앞마당 앞에는 화살탑을 지어서 방어를 구축했지만, 상대측의 두 사람이 공격을 들어온다면 위태로워지는 상태였다.

하지만 아까부터 헬하운드만 집중적으로 소환한 질 드 레가 커버를 쳐주고 있었기 때문에 이런 과감한 선택을 할 수 있었다.

이신의 전략은 기본적으로 질 드 레를 희생시켜서 자신이 발전해 중후반에 힘을 발휘하겠다는 플랜이었다.

이신이 생각하는 팀플레이에서의 마물의 역할은 바로 이런 것이었다.

후반에 갈수록 약하지만 초반에는 헬하운드를 많이 소환할 수 있어 강하고 빠른 마물.

반면 휴먼은 시간이 흘러야 비로소 강해지는 타입이니 두 종족의 이상적인 조합은 이런 형태였다.

그런데 나폴레옹과 오자서의 이상 동향이 질 드 레의 정찰을 통해 포착되었다.

'두 사람이 병력을 움직였습니다. 주군을 노리는 걸까요?'

질 드 레가 물어왔다.

이신은 미소를 지었다.

'아니, 당연히 널 노리는 거다.'

질 드 레는 병력은 많으나 방어는 없다.

이신은 병력은 적으나 방어가 잘 구축되어 있다.

이신을 치면 질 드 레가 돕지만, 질 드 레를 쳐도 이신은 도와줄 병력이 많지 않았다.

나폴레옹이 타당한 선택을 한 것이다.

'촉수탑 2개 짓고 헬하운드를 더 소환해.'

'그것만으로는 부족할 것 같습니다만?'

'내가 지원한다.'

'알겠습니다.'

이윽고 양측의 전투가 초읽기에 이르렀다.

나폴레옹은 훌륭하게 갖춰진 군대를 출진시켰다.

석궁병, 장창병, 방패병이 완벽하게 조합된 병영 병력이었다.

'병력 모으는 데 집중했군.'

그 모습을 보고 이신은 대충 판단이 섰다.

나폴레옹은 싸움을 길게 끌고 갈 생각이 없어 보였다.

때문에 테크 트리에 집중한 이신과 달리 병력을 모으는 데 마력을 투자한 것이다.

오자서 또한 헬하운드를 대거 끌고 나와서 호응했다.

그들이 향하는 방향은 5시. 목표는 예상대로 질 드 레였다.

부지런하게 움직이며 이신의 수족이 되어주는 질 드 레부터 먼저 끝내고 2 대 1의 우위를 형성하겠다는 의도였다.

함께 공격을 가는 와중에도 오자서는 한 가지 계책을 썼다.

일부 헬하운드를 이신의 진영 인근에 매복시킨 것!

만약 이신이 질 드 레를 돕기 위해 군대를 내보냈을 시, 재빨리 덮쳐서 잡아먹거나 빈집털이를 하겠다는 계산이었다.

오자서다운 센스였다.

하지만 애석하게도 이신은 그 같은 경우를 수백 번도 더 겪어본 사람이었다.

얼마 안 되는 귀중한 병력을 내보냈다가는 도리어 자신이 위험해진다는 것을 잘 알고 있었다.

'나폴레옹 정도 되면 질 드 레를 칠 듯하다가도 단숨에 목표를 바꿔 내 쪽으로 치고 올라올 수도 있는 자다. 방심하면 안 돼.'

결국 나폴레옹과 오자서의 연합군을 질 드 레 혼자서 맞이하게 된 형국이었다.

'저 혼자서는 역부족일 것 같습니다.'

질 드 레가 다시 한 번 도움을 요청했다.

이신이 말했다.

'도우러 가고 있다. 화염진을 짓고 최대한 농성해.'

'알겠습니다.'

대답은 했지만 질 드 레는 의아해할 수밖에 없었다.

돕겠다고 말만 할 뿐, 이신이 질 드 레를 돕기 위해 병력을 파견하는 움직임은 전혀 없었기 때문이다.

나폴레옹과 오자서의 연합군이 질 드 레의 앞마당에 당도했다.

질 드 레는 다수의 헬하운드를 보유했지만 연합군을 상대하기란 수적으로도 조합으로도 무리였다.

그나마 다수 지어놓은 마물 종족의 방어 시설 화염진이 화염을 뿜으며 방어를 돕고 있었다.

질 드 레는 화염진을 끼고 싸우며 최대한 버티고자 했다.

"쳐라!"

"한 방에 끝내버려!"

"키에엑!"

뚫을 수 있다고 판단한 연합군은 망설임 없이 달려들었다.

그런데 바로 그때였다

파앗!

[계약자 이신의 사도 하급 악마 콜럼버스가 능력 블링크를 사용합니다.]

[10미터 범위 내에서 순간이동을 합니다.]

블링크로 벽을 건너뛰며 콜럼버스가 나타났다.

[사도 콜럼버스의 능력 빙의를 사용합니다.]

[계약자 이신 님께서 사도 콜럼버스의 육체에 빙의됩니다.]

빙의를 사용해 이신이 콜럼버스의 몸에 깃들고,

[계약자 이신 님께서 고유 능력을 사용합니다. 1초에 5마력씩 소모됩니다.]

[주변의 모든 아군의 체력이 회복됩니다.]

이신은 치유 능력을 펼쳐서 전투를 치르는 헬하운드들을 회복시켰다.

중급 악마가 되면서 범위 치유로 바뀐 이신의 능력은 다수의 헬하운드를 한꺼번에 치유했다.

점차적인 치유 효과의 작용으로, 질 드 레의 헬하운드들이 연합군을 상대로 생각보다 잘 버텼다.

화염진을 끼고 싸우면서 꽤나 잘 버틴 탓에 오히려 연합군의 피해가 커졌다.

결국 연합군은 전투를 중단하고 뒤로 물러섰다.

'막았습니다!'

거의 죽다 살아난 질 드 레가 환호했다.

'이제 우리가 유리하군.'

나폴레옹도 오자서도 지금 승부를 내려고 힘을 주고 있었다.

그런데 성과를 못 거두고 병력 피해를 입었으니 명백히 이신 측의 우세였다.

이쪽은 질 드 레가 거의 모든 병력을 소진했으나, 테크 트리를 올리며 발전에 투자한 이신이 서서히 힘을 발휘하는 시점에 접어든 것이다.

제7장

지명

　초반을 미래에 투자했던 이신은 마침내 고급 병력을 쏟아내기 시작했다.

　기사단과 투석기.

　휴먼이 낼 수 있는 최강의 지상군 조합!

　병영 병력 위주인 나폴레옹이나 헬하운드에 힘을 준 오자서나 그런 이신의 고급 병력에 맞설 힘이 부족했다.

　차근차근 진군하며 투석기의 사거리에 맞춰 전선을 구성하는 이신.

　나폴레옹과 오자서는 정공법 대신 교란 작전을 어지럽게 펼치며 맞서보았지만, 차근차근 전장을 장악해 나가는 이신의 행보를 막을 수 없었다.

'질 드 레.'

'예, 주군.'

'나폴레옹은 그리핀을 소환할 것이다. 지상전 위주인 내 전력의 카운터를 치는 것이 그가 선택할 수 있는 최선이니까.'

'독포자꽃으로 체제를 전환하겠습니다.'

질 드 레는 오른팔답게 즉각 말뜻을 알아들었다.

이미 병영 병력 위주인 나폴레옹이 할 수 있는 최선은, 그리핀을 소환하여서 석궁병을 그 위에 태우고 다니는 그리핀 위주의 전력이었다.

기사단이나 투석기나 지대공 공격이 불가능한 점을 노리는 수다.

하지만 이신은 이런 나폴레옹의 선택을 훤히 들여다보았다.

'선택할 길이 그거밖에 없으니까.'

질 드 레는 독포자꽃을 소환해 지대공을 맡았다.

한편, 나폴레옹이 체제 전환을 하는 동안 누구보다도 열심히 움직인 사람은 바로 오자서였다.

오자서는 헬하운드를 계속 쓸 수밖에 없었다.

테크 트리도 올리지 못한 채 헬하운드만 가지고 두 사람을 상대로 어떻게든 시간을 벌었다.

헬하운드의 이동속도를 이용하여서 기습 전법을 펼치는 오자서의 노력은 눈물겨운 것이었다.

적어도 아군을 위해 희생해야 하는 자신의 역할을 아주 잘 이해하고 있었다.

오자서의 희생으로 체제 전환에 성공한 나폴레옹은 그리핀 편대를 발 빠르게 움직여 파상공세를 펼쳤다.

질 드 레가 독포자꽃을 요소요소에 배치해 꼼꼼한 지대공 방어를 자랑했다면, 나폴레옹은 그 역점을 찾아내 어떻게든 파고들어 피해를 입히는 솜씨를 뽐냈다.

하지만 끝내 승리를 향한 헤게모니를 쥔 쪽은 이신이었다.

이신은 최대 인구수까지 병력이 모이자 대대적인 진군을 개시했다.

나폴레옹은 오자서와 합작을 펼쳐 놀라운 저항을 보였다.

지리적인 이점을 최대한 활용하려는 두 사람의 기습 전술에 이신은 즐거움을 느꼈다.

하지만 점차 퍼즐이 맞아 떨어져가듯, 이신은 고지를 하나하나 공략해나갔다.

결국,


[악마군주 아가레스의 계약자 나폴레옹 보나파르트님께서 패배를 선언하셨습니다.]

[악마군주 안드로말리우스의 계약자 오운님께서 패배를 선언하셨습니다.]

[악마군주 그레모리의 계약자 이신님과 권속 질 드 레의 승리입니다.]

[모의전이므로 마력과 서열의 변동은 없습니다.]

"휴, 졌군."

모의전 종료 후.

나폴레옹은 간만에 진땀을 흘렸다는 듯이 고개를 휘휘 저었다.

"운이 좋았습니다."

이신은 평소답지 않게 겸양의 말을 했다.

나폴레옹이 그런 그를 빤히 보며 물었다.

"정말 운이 좋았나?"

"사실 노렸던 대로였습니다. 오히려 제 예상보다 훨씬 힘들게 이겨서 놀랐습니다."

그제야 본색을 드러내는 이신의 말에 나폴레옹은 껄껄 웃었다.

"아, 역시 일대일이 아니니 평소와 느낌이 다르더군. 자네의 노림수를 예상하지 못했어."

팀플레이가 처음인 건 나폴레옹도 마찬가지였다.

때문에 나폴레옹과 오자서가 함께 질 드 레를 쳤을 때, 이신의 노림수를 예측하지 못했다.

이신은 두 사람이 질 드 레를 가장 먼저 노릴 거라는 사실을 처음부터 알고 있었다.

질 드 레가 공격 받는 순간, 자신의 치유 능력으로 도왔다.

그 전투에서 나폴레옹 측은 져버렸고, 사실 거기서 승부는 끝난 거나 다름없었다.

오히려 그때부터 나폴레옹과 오자서는 자신들의 눈부신 역량을 보여주었다.

설마 그렇게까지 두 사람이 버틸 줄은 미처 몰랐던 이신이었다.

상대가 이신이 아니었더라면 역전도 가능했을 지도 모른다.

"이거 간만에 지고 나니 기분이 무척 찜찜한데."

나폴레옹이 짐짓 장난스럽게 투덜거렸다. 이에 이신이 답했다.

"원한다면 얼마든지 상대해드리겠습니다."

"자신만만하군. 오운, 그대 생각은 어떤가?"

"얼마든지 환영이오."

오자서는 기꺼이 승낙했다.

그로부터 2대 2 대결을 몇 번이고 치르며 그들은 친목을 도모했다.

승리와 패배를 반복했다. 나폴레옹도 오자서도 역량을 온전히 다 발휘하는 것 같지는 않았다.

이신 측의 불리함을 감안하여서 사도들을 소환하지 않은 것.

그렇다 보니 이신 측도 딱히 밀릴 이유가 없어서 승리와 패배를 서로 반복하였다.

그렇게 시간 가는 줄도 모르고 모의전을 치르니, 팀플레이의 특성에 대해서 보다 잘 알게 되었다.

"이거 원하는 전략을 펼칠 수 있도록 타이밍을 조율하기가 쉽지 않군. 여럿이다 보니 변수가 너무 많아."

나폴레옹이 감상을 내놓았다.

오자서도 고개를 끄덕였다.

"싸움이 굉장히 빠르고 일찍 승부가 나게 되더이다. 3대 3이라면 이보다 훨씬 더 심할 터……."

"결국 우리 세 사람의 호흡이 그만큼 더 중요하다는 뜻이지."

"우리 셋이라고 하셨소?"

오자서가 의아한 표정으로 물었다.

나폴레옹은 씨익 웃었다.

"그렇다네, 우리 셋."

오자서도 따라 웃고는 그에게 고개 숙여 감사를 표했다.

오자서가 나폴레옹의 팀에 합류하기로 한 순간이었다.

"물론 이는 그대들이 다른 자의 지명을 받지 않았을 때의 이야기지."

현재까지 축제에 참가한 악마군주는 47명.

고민 중인 몇 명이 더 참가한다 해도, 3의 배수인 48명이 될 가능성이 높았다.

그렇게 되면 최상위 서열의 악마군주 16명이 각기 지명을 시작한다.

지명권을 가진 그 16인 중에 나폴레옹 외에도 이신과 오자서를 노리는 계약자는 있을 수 있었다.

아직 두 사람이 하위 서열에 있어서 별로 주목을 못 받고 있지만, 그들의 최근 상승세를 감안하여서 높이 평가하는 이도 있을지 몰랐다.

"일단 첫 지명권은 이신 그대에게 쓸 걸세. 그리고 그 외에 15인이 차례대로 지명하고서 또다시 내 차례가 온다면, 그때는 오운 그대를 지명하겠네."

"감사하오. 계획대로 한편이 되길 기원하겠소."

소기의 목적을 이룬 오자서는 기쁜 마음으로 돌아갔다.

나폴레옹도 곧 다시 만나기를 고대하며 떠났다.

그로부터 얼마 후…….

[72악마군주의 축제에 참가할 악마군주의 명단이 확정되었습니다.]

[총 49인의 악마군주가 참가를 희망했고, 그중 최하위 서열의 악마군주 발라크의 참가가 취소되었습니다.]

[총 240만 마력이 배팅되었습니다. 72악마군주 축제의 최종 승자 3인은 각각 80만 마력을 획득하게 됩니다.]

안내 음성이 전 마계에 울려 퍼졌다.

"드디어 축제가 시작되네요."

그레모리는 기대감을 감추지 못했다.

240만 마력이라는 어마어마한 배팅이 걸린 축제!

최종 승자가 되면 80만 마력을 거머쥔다!

"80만 마력을 얻게 되면 총 132만 9천! 그 정도면 서열 28위 정도까지 오를 수 있는 수준이에요. 다들 참가 배팅으로 5만씩 잃었으니 더 높은 서열로 오를 지도 모르고요."

"28위 정도라……. 생각보다 낮은 서열이군요."

"무슨 말씀이세요? 28위라고요! 그것만으로도 얼마나 대단한 위치인데요."

"10위권에 가까이 진입할 수 있었으면 더 좋았을 것 같습니다."

이신은 심드렁하게 대꾸했다.

그가 노리는 위치는 바로 나폴레옹이 있는 1위 자리였다.

그레모리는 그런 그를 보며 호호 웃었다.

끝이 없는 이신의 자신감은 대체 어디서 나오는 건지 불가사의할 정도였다.


＊           ＊           ＊


─기분이 좋아 보이는군.

마른 체격을 가진 현자가 말을 건넸다.

수수한 옷차림을 한 맑은 눈빛의 현자.

그러나 그가 앉아 있는 자리는 바로 거대한 악어의 등 위였다.

흉흉한 눈빛을 내뿜으며 야성적인 이빨을 드러내는 거대한 악어는 신화 속의 마물과도 같았다.

그 존재감은 이 현자가 명백히 악마임을, 그것도 악마들의 수좌에 있는 존재임을 알려주었다.

현자는 바로 악마군주 아가레스.

72악마군주의 서열 1위에 있는, 정점의 존재였다.

그리고 그의 앞에는 부동의 서열 1위였던 악마군주 바알을 물리친 일등공신, 계약자 나폴레옹이 있었다.

"즐거운 일을 하고 왔으니까요."

―무엇이 그리도 즐거웠던가.

"다른 계약자들과 겨뤄보았습니다. 2대 2였는데 이게 그동안 지겹도록 해왔던 일대일과는 색다른 맛이 있더군요."

―그레모리와 안드로말리우스의 계약자들 말이냐.

"알고 계시는군요."

―이런 시기에 네가 어디서 무얼 하는지 내가 관심을 가지지 않을 도리가 있겠느냐.

"하하, 그건 그렇습니다."

―어땠더냐?

"안드로말리우스의 계약자 오운은 꽤 쓸 만한 실력자로, 지명을 할 가치가 충분했습니다."

―그레모리의 계약자는?

"그는……."

나폴레옹은 잠시 고민했다.

이내 입을 열었다.

"언젠가는 결국 그를 도전자로 맞이해야 할 것 같았습니다."

―그 정도였던가?

악마군주 아가레스의 눈빛이 변했다.

"예, 그 정도였습니다."

정순한 현자의 탈을 쓴 악마의 안광이 묘한 이채를 띤다.

―그렇다면 그레모리를 지명하는 것을 좀 더 재고해 봐야 하는 게 아니냐.

"어째서입니까?"

—강력한 적수가 될 소지가 있다면, 그들을 우리가 키워주는 것이 손해로 작용하지 않느냐.

"그렇다고 포기하기에는 그의 실력이 너무나 좋습니다. 일단은 축제에서 이기는 것이 가장 중요하지 않겠습니까?"

—그도 그렇다만…….

"게다가 차후에 경쟁자가 될 상대를 미리부터 견제하는 것은 불명예스러운 일입니다."

—불명예라.

아가레스는 어깨를 으쓱했다.

—딱히 내가 신경 쓰는 가치는 아니다만, 네가 그렇게 생각한다면 따르도록 하지. 다만 조건이 있다.

"말씀하십시오."

—그 누가 상대든 절대로 지지 말 것.

나폴레옹은 씨익 미소를 지었다.

"제가 실망시켜드렸던 적이 있던가요?"

—없지. 없고말고.

그리고 잠시 후,

[72악마군주의 축제를 시작합니다.]

[먼저 서열 1위 악마군주 아가레스님의 지명이 있겠습니다. 아가레스님, 같은 편을 한 명 지명해 주십시오.]

아가레스는 나폴레옹을 빤히 보더니 입을 열었다.

"그레모리를 지명한다."

[서열 1위 악마군주 아가레스님께서 악마군주 그레모리님을 지명하셨습니다.]

[악마군주 아가레스님과 그레모리님이 한편이 되셨습니다.]

[다음은 서열 2위 악마군주 바알님의 지명이 있겠습니다. 바알님…….]

그렇게 지명이 시작되었다.

72악마군주의 서열 질서에 큰 개벽이 올 수 있는 일대 축제의 서막이 오른 것이다.

전 마계가 숨을 죽인 채 최상위 서열의 열여섯 악마군주들의 지명을 지켜보기 시작했다.

＊　　　　＊　　　　＊

"그레모리라고?"

황금관을 쓴 거대한 파리처럼 생긴 흉측한 외모의 악마가 의문을 토했다.

서열 2위 악마군주 바알.

오랫동안 부동의 1위였다가 최근에 2위로 내려앉은 바알은 누구보다도 악마군주 아가레스의 동향에 예민한 존재였다.

"첫 지명으로 서열 49위밖에 되지 않는 그레모리라니? 대체 아가레스 녀석은 무슨 꿍꿍인지 모르겠군."

자신이 지명을 할 차례였지만, 바알은 쉬이 결정을 못하고 망설였다.

그때였다.

"신경 쓸 필요 없습니다."

바알의 눈앞에 있는 눈부신 미모의 미청년이 말했다.

바알은 그제야 짙은 갈색 머리칼을 가진 미청년에게 눈을 돌렸다.

"신경을 안 쓸 수가 없지 않으냐?"

그러자 미청년이 말했다.

"신경 써봐야 소용이 없다는 뜻입니다. 지금은 우리의 계획을 실현하는 것이 최선입니다."

"끄응, 하는 수 없나."

결국 바알은 지명을 했다.

한편, 미청년은 생각에 잠겼다.

'이번 축제는 절호의 찬스다.'

나폴레옹과 그는 앙숙이었다.

서열 1위와 2위였으니 당연했다.

실력은 엇비슷하여 어느 쪽이 위라고 하기 어려웠다.

하지만 최근은 명백한 나폴레옹의 우세.

무엇보다 도전자의 입장이라는 것이 치명적인 약점으로 작용했다.

　나폴레옹은 언제나 자신이 가장 잘 싸울 수 있는 유리한 전장을 고르니, 같은 실력이면 불리할 수밖에 없다.

　'이번 축제를 계기로 1위를 탈환해야 한다. 그렇게 되면 너의 유리함은 사라지는 것이다, 나폴레옹!'

　미청년의 눈빛에 투지가 불타올랐다.

　　　　　　＊　　　　　　＊　　　　　　＊

　지명식은 조용히, 그러나 마계에 있는 모두가 다 알도록 진행되었다.

　안내 음성이 울려 퍼질 때마다 이신은 아쉬움을 느꼈다.

　'악마군주의 이름만 들리는군.'

　개인적으로는 계약자들의 이름을 듣고 싶었다.

　하지만 상대가 누군지 알게 되는 즐거움은 나중으로 미루기로 했다.

　그때였다.


　[서열 1위 악마군주 아가레스님께서 악마군주 안드로말리우스님을 지명하셨습니다.]

　[악마군주 아가레스님과 그레모리님, 안드로말리우스님이 한편이 되셨습니다.]

다시 지명권이 돌아왔을 때, 아가레스가 안드로말리우스를 지명했다.

계획대로 나폴레옹, 이신, 오자서가 한편이 된 것이다.

"원했던 대로 편이 이루어졌네요."

그레모리가 기뻐했다.

"예, 일단 출발이 좋습니다."

계획한 대로 팀이 이루어진 것만으로도 좋은 시작이었다.

2휴먼, 1마물.

종족 구성이 이만하면 괜찮지 싶었다.

'이제 제 13 전장 그레이어스를 살피는 일만 남았군.'

최대 8인까지 허용 가능한 초대형 전장!

지형지물을 확실히 살펴보아야 이에 해당하는 전략·전술을 짤 수가 있었다.


[지명이 완료되었습니다.]

[72악마군주의 축제는 토너먼트 방식으로 진행되며, 대진표는 곧 모든 참가자에게 전달됩니다.]

[제 13 전장 그레이어스가 개방되었습니다.]


전장이 개방되었다는 안내에 이신은 눈을 번쩍 떴다.

"지금 당장 나폴레옹에게 연락을 해야겠습니다."

"알겠어요."

이신은 그레모리의 도움을 받아 나폴레옹에게 텔레파시로 연락했다.

—그렇지 않아도 연락하려 했다.

'전장이 개방되었다고 합니다.'

—아아, 들었네.

'당장 연습을 해봐야겠습니다.'

—하하, 그대는 상당히 성미가 급하군.

'언제 시작될지 모르니 빨리 전장을 살펴보고 몇 가지 전략을 수립해야겠습니다.'

—알겠다. 오운에게도 연락을 하지.

이신은 그레모리의 도움을 받아서 사도들과 함께 전장으로 이동했다.

전장에는 이미 나폴레옹과 오자서가 기다리고 있었다.

"지명해 주어서 고맙소."

오자서가 나폴레옹에게 인사한다.

"승리를 위한 객관적인 선택일 뿐이니 인사 받을 이유는 없네. 내 선택이 실수가 아니라는 것을 실력으로 증명해 주기를 바랄 뿐이네."

"약속하겠소."

"이신, 그대도 잘 부탁한다."

"예."

세 사람은 그렇게 서로 신뢰를 다졌다.

"그럼 이제 전장을 살펴봐야겠군. 일단은 1대 1대 1로 모의전을 하세."

나폴레옹이 제안했다.

"1대 1대 1?"

이신이 물었다.

나폴레옹은 어깨를 으쓱했다.

"정말 승리를 놓고 싸우자는 게 아니라 셋이 함께 직접 이 전장에 들어가서 지형을 찬찬히 살펴보자는 말일세."

"아, 좋은 생각이오."

오자서가 찬성했다. 이신도 거절할 이유가 없었다.

그렇게 형식상 모의전을 개시하며 세 사람은 제 13 전장 그레이어스에 들어갔다.

이신은 11시, 나폴레옹은 1시, 오자서는 5시였다.

"명령만 내려주십시오."

"마력석을 채집할까요?"

처음에 주어진 노예 4명이 의욕적으로 말했다.

'승부할 건 아니지만 일단 전장을 다 둘러보려면 숫자가 많아야겠지.'

이신은 고개를 끄덕였다. 그러자 노예들이 열심히 마력석을 채집하기 시작했다.

이신은 돈이 될 때마다 계속 노예만 소환했다.

"콜럼버스."

"옛!"

새로 소환된 노예, 사도 콜럼버스가 대답했다.

"일단 전장을 샅샅이 둘러봐라. 내가 말하는 지역마다 건물을 짓고."

"옛!"

오로지 노예만 소환한 탓에, 본진 마력석 채집장에는 노예들
이 득시글거렸다.

그만큼 마력이 더 빨리 모였다.

이신은 계속해서 노예들을 뿔뿔이 흩어져 정찰을 시켰다.

나폴레옹도 오자서도 같은 행동으로 온 전장에 자기 일꾼을
세워놓았다.

그리고 마침내 전장의 온 구석이 모두 시야에 들어오게 되었
다.

'이건……?'

전장 전체가 한눈에 들어오자 이신은 크게 이상한 점을 발견
했다.

그동안 경험했던 12개의 전장과 다른 제 13 전장의 특징!

8인용 전장이기 때문에 어쩔 수 없이 드러날 수밖에 없는 지
형적 특성.

그것은 바로,

'공평하지가 않구나.'

그랬다.

전체적으로 거대한 정사각형을 그리고 있는 제 13 전장 그레
이어스는 모든 시작 지점이 다 공평하지가 않았다.

당연했다.

2인용 전장이든 4인용 전장이든 어느 방향에서 봐도 완벽한

대칭을 이룬다.

때문에 어디에서 시작하든지 서로 공평하다.

하지만 8인용 전장은 달랐다.

대칭이 완벽하지 않기 때문에 시작 지점에 따라 지형적인 특성도 달라진다.

'좋은 시작 지점과 나쁜 시작 지점이 따로 있다.'

그리고 세 사람의 위치가 얼마나 서로 떨어져 있는지도 큰 변수로 작용한다.

한 사람만 적들의 틈바구니에서 시작하게 되면 당연히 위태로워진다.

세 사람이 서로 붙어 있으면 지켜야 할 길목도 한정되어 있어서 그만큼 디펜스가 용이해진다.

반대로 서로 떨어져 있으면 상대측보다 불리해진다.

'길목도 좁고 복잡하다.'

전장의 도처에 호수가 자리 잡고 있어서 길목이 좁고 불규칙적이었다.

이신은 전장을 면밀히 살피며 전략적으로 중요한 지점을 찾아다녔다.

'일단 앞마당과의 거리가 상당히 머니 섣불리 마력석 채집장을 늘릴 시도를 못하겠군.'

건물로 출입구를 막을 수 있는 심시티도 상당히 제한되어 있었다.

본진과 본진 출입구와의 거리가 멀었다.

출입구의 심시티가 상대측의 연합 공격에 뚫리고 나면 본진은 삽시간에 와해된다.

게다가 그 심시티를 구축하기도 전에 공격받을 위험성도 높았다.

'그렇다면 차라리 본진에 끌어들여서 싸워 최대한 오래 버틸 수 있는 심시티를 새로 만드는 수밖에 없겠어.'

다행히 이신은 심시티를 만드는 데는 장인의 경지였다.

e스포츠에 몸담은 오랜 경력이 어디 가는 게 아니었으니까.

이신은 시나리오를 구상해 보았다.

셋 중 자신 혼자만 외딴 곳에서 시작하게 되었다.

상대측 세 명의 표적이 되었다.

그렇다면 아군이 이기게 하기 위해서는 자신이 상대측 셋을 상대로 최대한 오래 시간을 끌어주어야 한다.

자신이 버티는 동안 아군은 상대측에 역습을 가해 하나둘 깨부수고 승기를 잡을 것이다. 그렇게 된다면 희생된다 해도 상관없다.

'최대한 시간을 벌 수 있는 심시티라……'

그것은 일을 하는 노예들까지 전부 싸움에 동원해야 하는 디펜스 체계다.

스페이스 크래프트에서 인류가 생산 유닛인 건설로봇을 방패막이로 블로킹에 활용하듯이 말이다.

'한번 심시티를 해봐야겠군.'

이신은 본진의 사령부를 중심으로 심시티를 실험하기 시작했다.

　나폴레옹과 오자서도 각기 전장을 살피고 여러 가지 실험을 하느라 바빴다.

　서로 공격하지 말라는 명령을 내려 두었기 때문에, 그들은 자유롭게 연구를 할 수 있었다.

　잠시 후.

　이신은 병영, 식량창고, 대장간 등 필수 건물을 최대한 이어 붙여서 사령부를 둘러싸는 형태를 만들어냈다.

　하지만 이신은 마음에 들지 않은지 고개를 저었다.

　'빈틈이 너무 많군.'

　결국 건물을 모두 부순 뒤에 새롭게 심시티를 구축해보았다.

　마치 퍼즐 게임을 하듯이 건물을 부쉈다가 새로 지었다가를 반복한 끝에, 이신은 빈틈이 최대한 메워진 심시티를 완성했다.

　물론 빈틈이 아예 없을 수는 없었다.

　'그 빈틈은 노예들을 동원해서 블로킹해 버리면 된다.'

　그리고 안전해진 심시티 바리케이드 안에서 궁병이 화살을 쏜다.

　'여차하면 이 안에 화살탑을 지으면 더 방어력이 높아지겠군.'

　관건은 상대측 병력의 움직임을 빨리 파악해내는 것!

　공격해오는 것을 사전에 알아내지 못하면 심시티를 구축하기도 전에 당하고 만다.

　반대로, 상대측은 공격할 생각이 없는데 이쪽이 심시티를 구축하고 화살탑을 짓는 등 시간과 마력을 투자하면 도리어 손해다.

이 광활한 전장을 모두 시야에 넣고 감시망을 구축하려면, 같은 편 세 사람이 합심해서 움직여야 한다.

단순한 공격과 방어뿐만이 아니라, 정찰 단계에서도 서로 호흡이 잘 맞아야 한다.

팀워크.

즉, 팀을 이끄는 리더의 통솔력이 중요했다.

현재 리더는 명백히 나폴레옹.

서열 1위에 빛나는 나폴레옹은 자존심이 센 오자서조차도 순순히 따른다.

이신도 나폴레옹의 통솔력을 의심하지는 않았다.

전 유럽을 휩쓸었던 전쟁 천재의 리더십을 의심하는 것만큼 부질없는 짓이 어디 있단 말인가?

'일단은 믿고 따라야지.'

여전히 '일단은'이라는 전제를 버리지 않는 이신이었다.

자기 주관이 뚜렷하기로는 이신도 어디 가서 진 적이 없었다. 특히 게임에 대해서는 더더욱.

여차하면 나폴레옹을 밀어내고 자신이 오더 권한을 쥐겠다는 생각을 여전히 품고 있는 이신이었다.

그때, 다수의 헬하운드들이 바람처럼 달려와 이신의 본진에 닥쳐들었다.

오자서의 헬하운드 무리였다.

오자서는 헬하운드들로 하여금 여기 저기 쏘다니게 하면서 길목을 누볐던 모양이었다.

'아마 최적의 정찰 루트와 전투가 일어날 소지가 높은 포인트를 살폈겠지.'

헬하운드들은 당장 공격이 없었다.

그저 이신이 갖은 실험 끝에 구축해놓은 심시티 바리케이드가 흥미롭다는 듯이, 주위를 어슬렁거릴 뿐이었다.

'심시티가 얼마나 효과가 있는지 한 번 전투 연습을 해볼까?'

이신은 궁병 한 명을 보내, 헬하운드 무리를 향해 화살 한 발을 쐈다.

"캥!"

화살에 다리를 맞은 헬하운드가 비명을 질렀다.

한번 덤벼보라는 이신의 메시지였다.

이를 알아들었는지 오자서의 헬하운드 무리가 일제히 공격했다.

'전부 나가 싸워!'

이신은 일하고 있던 모든 노예를 방어에 동원했다.

노예들은 우르르 나와 심시티의 빈틈을 모두 채워넣었다.

그리고 뒤에서 궁병들이 화살을 발사했다.

'컨트롤이 필요하다!'

이신은 키보드와 마우스 대신 고도의 집중력이 담긴 정신으로 모든 병력을 컨트롤했다.

공격을 받아 죽어가는 노예를 뒤로 빼가며 최대한 희생을 줄였다.

빈틈이 없는 탓에 헬하운드 떼는 상당히 많았지만 쉬이 피해를 입히지 못하고 화살에 맞아 숫자가 차츰 줄었다.

노예의 피해도 있었지만, 줄어드는 헬하운드의 숫자보다는 훨씬 적었다.

병영에서 계속 소환되는 궁병이 전투에 합류하면서 전투는 점점 이신에게 유리해졌다.

결국 오자서는 전투를 중단하고 헬하운드들을 모두 물렸다.

이신의 심시티 방어력 실험을 도와준 그는 더는 볼일이 없다는 듯 떠나 버렸다.

'실험은 성공이군.'

이신의 치유 능력까지 더해진다면 상대측 셋이 전부 덤빈다 해도 상당히 오래 저항할 수 있을 듯했다.

계속해서 이신은 다른 시작 지점에서도 심시티 실험을 하기 시작했다.

시간이 흐를수록 이신은 제 13 전장 그레이어스에 익숙해졌다.

오자서와 나폴레옹도 제각기 다른 관점에서 연구를 하고 있어 시간 가는 줄도 모르는 눈치였다.

이제 관건은 하나.

역시 팀워크였다.

"이제 3대 3 훈련도 해봐야겠군."

실험을 마치고 모의전을 끝냈을 때, 나폴레옹이 말했다.

이신과 오자서도 이에 동의했다.

나폴레옹의 지휘 하에서 팀이 얼마나 역량을 발휘하는지 실험해 봐야 했다.

　"연습 상대는 누구로 할 생각이오?"

　오자서가 물었다. 종족이 마물인 오자서는 사도들도 전부 마물이라 모의전에 이용할 수 없었다.

　나폴레옹은 일단 이신의 사도인 질 드 레를 지목했다.

　"그리고 나도 사도 둘을 동원해야겠군. 내 사도들의 실력도 수준급이니 방심하면 우리가 패배할 수도 있을 거야."

# 제8장

## 신의 귀환

한창 열심히 준비하던 이신은 잠시 현실 세계로 돌아왔다.

72악마군주의 축제는 끝날 때까지 너무 시간이 오래 걸릴 것 같았기 때문이다.

'너무 오랫동안 게임을 놓고 있으면 곤란하다.'

아무리 마계와 현실을 오가는 데 익숙해진 이신이지만, 지나치게 길어지면 감을 회복하기가 힘들어진다.

무엇보다도,

'그랑프리도 중요하니까.'

월드 SC 그랑프리 개인전!

이신은 또다시 이 e스포츠 최대의 축제에 돌아왔다.

금메달 최다 보유자.

무패 금메달이라는 신화까지 써내려간 자타공인의 최강자.

그런 이신의 그랑프리 복귀는 뜨거운 화제가 되고 있었다.

돌아온 이신은 늘 그랬던 것처럼 다시 세계 무대의 권좌를 수복할 것인가?

손목 부상에서 돌아온 이신의 경기력은 이미 의심할 여지가 없는 상황.

공식전 경기는 아니지만, 월드 SC 올스타전에서 역올킬까지 해내 실력을 입증했다.

하지만 그럼에도 아직 완전히 증명되지는 못했다.

돌아온 이신은 정말 여전히 세계 최강자인가?

이는 오직 그랑프리에서 다시 금메달을 획득해야만 인정받을 수 있는 것이었다.

그렇듯 중요한 대회였기 때문에 이신은 잠시 72악마군주의 축제를 뒤로 미루고 돌아온 것이다.

'일단은 예선만 뚫어두자. 그 뒤에는 시간이 좀 있으니 축제를 다 끝내고 돌아와 감을 회복하면 돼.'

72악마군주의 축제는 일반적인 서열전과는 스케일부터가 전혀 다른 탓에 시간도 오래 걸렸다.

그렇다고 월드 SC 그랑프리가 만만한 것도 아니었다.

각국에서 우승·준우승을 한 강자들이 한자리에 모이는 세계 최고의 결전 무대!

아무리 이신이라도 연습을 하지 않고 오랫동안 게임에서 손을 놓았다가는 예선 탈락이라는 굴욕을 맛볼 수 있다.

'그런 치욕을 당할 수는 없지.'

이신의 자존심이 용납되지 않았다. 특히나,

"금메달도 많은데 이제 욕심 안 부려도 되잖아? 안 그래?"

옆에 철썩 붙어 앉아 깐죽거리는 박영호가 이신의 투지를 더 자극하고 있었다.

예선 탈락이라도 당했다가는 이 녀석에게 무슨 놀림을 당할지 모른다.

"내가 없었던 작년이 금메달을 딸 수 있는 유일한 기회였을 거다."

이신이 한마디 하자 박영호의 얼굴이 잔뜩 일그러졌다.

"올해는 절대로 안 놓칠 거거든? 형은 물론이고 엔조 주앙 그 자식도 내가 절대 가만 안 놔둔다. 하여간 개사기 인류들은……!"

부득부득 이를 갈며 벼르는 박영호.

작년에 박영호는 결승전까지 갔으나 은메달로 그쳐야 했다.

그때 박영호의 앞길을 가로막은 사람은 프랑스가 낳은 톱스타 게이머 엔조 주앙이었다.

그때 당시의 결승전은 박영호에게는 더없는 수치였다.

3—1.

간신히 건진 1승도 기습적인 4일벌레 러시로 따낸 것이었다.

처음에 주어진 일벌레 4마리만으로 자원을 모아 곧바로 수정관을 건설, 바퀴 6마리를 굉장히 빠른 타이밍에 생산해서 공격에 나선다.

실패할 시 미래가 없는 이런 도박성 전략은 주로 약한 상대가 강한 상대에게 쓴다.

작년 결승 무대에서 박영호는 졸지에 도박성 전략이 아닌 운영 대결로는 엔조 주앙을 당해낼 수 없는 하수가 되었던 것이다.

자존심이 강한 박영호로서는 미치고 팔짝 뛸 노릇이었다.

"엔조 주앙 그놈을 내가 절대로 가만 놔두나 봐라. 키 크고 잘생긴 것들은 다 죽어야 해."

그러면서도 당시 결승전의 VOD 영상을 계속 보며 복기하는 박영호.

기억하기도 싫을 텐데도 계속 보면서 왜 졌는지 분석하는 모습은 역시나 일류였다.

"별거 아닌 것 같은데 그냥 발렸네."

엔조 주앙의 플레이는 압도적이라는 느낌은 아니었지만, 테크니컬하고 다채로웠다.

상대의 급소를 날카롭게 찌르는 견제 플레이로 계속해서 박영호의 운영에 제동을 걸었다.

마치 다 꿰뚫어보듯이 박영호의 목적을 방해하는 플레이의 연속이었다.

VOD영상을 같이 보다가 이신이 말했다.

"아마 100판을 한다면 네가 7할 이상은 이기겠지."

"그치?"

"엔조 주앙은 피지컬이 좋은 타입은 아니니까."

반면 박영호는 피지컬이 사람 수준이 아니었다.

이신을 상대로 난전을 펼쳐서, 더 손이 많이 가는 괴물이란 종
족으로 역전승을 일궈내기까지 한 박영호였다.

철벽괴물이라 불리는 엄청난 디펜스 능력은 결국 엄청난 손
빠르기와 멀티태스킹, 그리고 그것을 유지하는 피지컬의 결과물
이었다.

"하지만 5판 3선의 다전제 대결을 한다면 얘기가 달라. 기본적
으로 엔조 주앙은 책략가야. 팀의 전략적인 지원도 탄탄하고."

"그럼 어떻게 이겨야 할까?"

"네가 당하는 입장이 아니면 돼."

"……?"

"엔조 주앙의 견제를 막아낸다는 마인드로 싸우면 점점 상대
의 의도에 말려들게 될 거야."

엔조 주앙의 스타일은 이신의 카피 버전이었다. 그 약점 또한
이신이 잘 알았다.

"같이 손해를 맞바꾼다는 식으로 난전을 펼치면 피지컬이 좋
은 네가 유리할 거야."

"흐음, 뭐 그렇긴 하겠지? 사실 내가 형도 그렇고 엔조 주앙도
그렇고 그런 스타일을 가진 인류를 잡으려고 그동안 연습을 많
이 했거든."

알고 있다.

그래서 이신은 지난번 개인리그 결승전 때 박영호를 상대로
기갑체제를 쓰지 못했다.

기갑 병력의 느린 기동력으로는 박영호의 엄청난 템포의 난전

유도를 당해내기 어렵다는 느낌이 들어서였다.

그래서 오히려 더 난이도가 높고 손이 많이 가는 병영 체제로 승부를 보았다.

그런데 그때였다.

"무슨 이야기를 그렇게 해?"

뒷자리에서 누군가가 불쑥 중국어로 물었다.

이 쾌활한 중국인 청년은 바로 리우.

작년 중국 프로리그에서 다승왕과 신인왕을 차지한 신성이었다.

이신, 박영호, 지우펑과 함께 빠질 수 없는 SC스타즈의 무적의 라인업의 한 축이었다.

"쟤 뭐래?"

박영호의 물음에 이신이 통역을 해주었다.

리우는 이신의 도움을 받아서 대화에 끼어들었다.

"내 생각엔 올해는 엔조 주앙도 러너의 상대가 안 될 것 같아."

"오, 네 생각도 그러냐? 역시 이 팀에도 올바른 생각이 박힌 사람이 있단 말이야."

"카이저의 연습을 도와줬을 때 나는 도저히 카이저의 공격을 막을 수 없었거든. 근데 결승전에서 러너는 다 막더라고."

통역을 들은 박영호는 갑자기 울컥했다.

"이 양반 연습 도와준 게 너냐? 너 때문에 내가 준우승했다고 봐도 되는 거임?"

"나, 나 때문이라고?"

뉴욕행 비행기 안.

선수들끼리 노닥거리다 보니 어느덧 비행기는 뉴욕에 도착했다.

공항에서부터 취재를 하러 온 e스포츠 부문 관련 기자들이 여럿 보였다.

기자들이 노리는 취재 대상은 단연 이신이었다.

"2년 만에 다시 그랑프리 무대에 돌아오셨는데 소감이 어떠십니까?"

통역 반지를 활성화시키고 있었던 이신은 영어로 된 기자들의 질문에 쾌히 답했다.

"좋습니다."

물론 이신은 단답형 인간이었다.

"작년 그랑프리 개인전의 금메달리스트는 엔조 주앙이었는데 올해는 누가 될 거라고 보십니까?"

"제가 가질 생각입니다."

"마이클 조셉이나 엔조 주앙 등 위협이 된다고 생각하는 적수를 꼽는다면 누가 있겠습니까?"

"다 쉬운 상대가 아닙니다."

"전에는 상대가 없다고 말씀하셨는데, 이번에는 그때와 다르다고 생각하십니까?"

"예."

"어, 어떻게 다른지도 설명을 부탁드립니다."

"예전보다 잘하는 선수들이 점점 많아졌고, 그에 비해 저는 하루가 다르게 늙고 있으니 어려워지는 게 당연합니다."

하루가 다르게 늙는다는 말에 기자들은 웃음을 터뜨렸다.

그래봤자 20대 중반에 불과한 이신이 그런 소릴 하니 다들 농담으로 받아들였다.

더 질문이 쏟아졌지만 왕춘 감독이 나서서 양해를 구하고 빠져나올 수 있었다.

"어째 나한테는 한마디도 안 묻네."

관심받고 싶어서 안달 난 박영호는 그렇게 투덜거렸다.

도착하자마자 팀의 숙소로 지정된 호텔에 도착해 여장을 풀었다.

인상적인 것은 SC스타즈의 선수 지원이었다.

중국 프로 팀들은 선수 관리 및 편의 지원을 위해 매니저들을 두고 있었다.

매니저는 선수마다 각양각색인 마우스 감도나 사운드 설정 등의 세팅을 다 기억하고 있다가 훈련 전에 미리 해주었다.

그 같은 일을 공식 경기가 있을 때도 경기장까지 쫓아와서 해준다고 한다.

듣기로는 선수들의 숙소에도 취사와 청소 등을 도맡아주는 전문 인력도 있어서, 그야말로 선수가 하는 일은 자리에 앉아 게임을 하는 것밖에 없었다.

이신과 박영호에게는 따로 전담 매니저를 구해준다고 했는데, 한국어에 능통한 인력을 찾기가 어려워서 아직 구하는 중이라고 했다.

이신은 통역 반지가 있어서 문제없었으나, 박영호는 아니었기 때문이다.

'얼른 구해줬으면 좋겠군.'

한국에는 매니저 같은 게 없었으니 새삼 불편할 것도 없었다.

하지만 정작 이신은 박영호 때문에 귀찮아서 미칠 지경이었다.

중국어를 모르는 박영호가 어딜 가나 이신 옆에 찰싹 붙어 다니는 것.

성격이 얌전한 녀석도 아니고, 옆에서 쉴 새 없이 떠들면서 깐죽거리니, 이신의 천적이나 다름없는 존재였다.

아무튼 SC스타즈의 매니저들은 아예 연습실의 PC를 뉴욕까지 가져와 버렸다.

호텔의 협조를 미리 구한 뒤에 스위트룸 하나를 아예 연습실처럼 꾸며놓았다.

그 스위트룸은 따라온 전략연구팀의 분석가들과 코치들이 지내면서 전략적인 지원을 해준다고 했다.

일개 팀의 연습실이라 해도 믿을 법한 스위트룸을 보며 이신과 박영호는 감탄할 수밖에 없었다.

"와, 대륙의 스케일 보소."

박영호는 감탄을 넘어 감동해 버렸다.

e스포츠에 대한 투자가 좀처럼 부족한 한국에서는 선수 편의를 위한 이런 지원을 꿈도 꿀 수 없었다.

자리에 앉으면서 박영호는 이신에게 말했다.

"형, 진짜 우리나라는 중국을 못 따라잡을 것 같아. 그치?"

"아직 멀긴 했지."

이신은 매니저가 전부 세팅을 마친 PC에 앉아 연습을 시작했다.

마우스 감도부터 사운드 설정까지 전부 완벽했다.

두 사람은 연습 삼아 가볍게 맞붙었다.

박영호가 타도 엔조 주앙을 외치며 이신을 연습 상대로 지목했기 때문이었다.

이신은 박영호가 원하는 대로 엔조 주앙과 비슷한 플레이를 펼쳐주었다.

엔조 주앙은 이신과 달리 피지컬이 많이 소모되는 병영 체제에 약하다.

그래서 이신도 기갑 체제로 박영호에 맞서야 했다.

가볍게 시작한 연습이지만, 곧 치열한 혈전이 되었다.

박영호는 끊임없이 여기 저기 습격하며 어지러운 난전을 유도했다. 이신도 멀티태스킹에서 누구에게 밀려본 적이 없었으므로 현기증 나는 난전이 되었다.

이를 보며 왕춘 감독이 탄식했다.

"이미 e스포츠는 중국이 한국을 넘어선 지가 오래인데, 아직도 한국에서는 저런 선수들이 계속 탄생하는구나."

"한국은 게임 말고는 달리 청소년들의 놀 거리가 없다고 하더군요. 그 때문이 아니겠습니까?"

전략연구팀의 분석가 한 명이 대꾸했다.

왕춘 감독은 고개를 끄덕였다.

"그렇지. 그래서 내가 한국을 좋아하는 거야."

엄청난 잠재력을 가진 인재들이 널려 있으니까. 그런 보물들을 아까운 줄 모르니까.

*　　　　　*　　　　　*

"연습은 잘되고 있습니까?"

뉴욕에 도착한 다음날.

선수들이 모여서 연습하는 숙소에 왕춘 감독이 나타났다.

왕춘 감독의 물음에 이신은 고개를 끄덕였다.

이신은 VOD를 관람하고 있었다.

그랑프리 개인전에 참가한 각국 선수들을 소개하는 영상이었다.

VOD는 주목할 만한 선수들의 슈퍼 플레이를 보여주는 하이라이트를 모아서 보여주었다.

물론 가장 긴 영상은 이신의 하이라이트.

가장 경악과 찬사를 받은 것은 역시나 결승전 1세트, 박영호의 매서운 공세를 가까스로 막아내고 역전한 경기였다.

─맙소사, 저렇게까지 몰아세웠는데도 못 이기면 대체 무슨 수로 저 선수를 상대해야 하나요?

─필패의 상황이 분명했는데, 억지로 뚫었습니다! 안 되는 상황을 컨트롤로 극복했어요. 세상에 저런 선수가 있습니까!

'저 경기를 현장에서 보고 기절하는 줄 알았지.'

왕춘 감독은 경기장에서 직접 봤던 그 충격의 역전극을 떠올렸다.

그때 왕춘 감독은 이신 영입에 역대 최고액을 배팅하는 결정이 옳다고 확신했었다.

─올해도 역시나 여전히 무서운 카이저. 이번 그랑프리 개인전에서 금메달을 다시 찾아올 수 있을지 주목됩니다.

─개인적인 의견으로는 이제 그만 카이저를 능가하는 선수가 나타나 주었으면 좋겠어요.

─오, 정말 개인적인 의견이네요. 왜 그렇게 생각하시죠?

─카이저를 볼 때마다 옛날 생각이 나요. 온갖 세계 대회를 전부 한국인이 쓸어 담아서 다른 나라 선수가 발 디딜 곳이 없었던 e스포츠 초창기 말이죠.

─하하, 그때는 한국인 선수를 많이 보유한 팀이 강팀인 시절이었죠. 지금이야 몇몇 선수가 개인전에서 활약하는 것을 제외하면 그때 같은 모습을 못 보이는 한국입니다만.

─하지만 카이저의 부활과 함께 한국 e스포츠도 최근 다시 재기하려는 모습을 보이고 있어서 주목되고 있죠.

─하하, 어찌 되었건 세계 e스포츠의 발전에 이바지되었으면 합니다. 자, 그럼 이신의 대항마로 주목되는 선수들을 한번 찾아볼까요?

그러고는 엔조 주앙과 마이클 조셉, 아마드 부티아 등 유명세를 떨치는 세계 톱스타들의 플레이가 잇달아 펼쳐졌다.

그리고…….

―현재 미국에 진출해서 활약 중인 아마드 부티아의 모국에서 또 다른 천재가 탄생했죠?

―예, 벌써부터 전 세계의 명가들이 러브콜을 보내고 있는 선수입니다. 카이저의 이적 소식이 아니었더라면 단연 폭풍의 핵이 되었을 신예죠.

―그렇습니다, 신예! 최연소로 출장한 이 인도의 천재는 이제 겨우 15세입니다! 굉장히 어린 나이인데요, 어리다고 우습게 봐도 될지 한 번 플레이를 볼까요?

그러고서 닉네임과 함께 어린 선수의 얼굴이 보인다.

[닉네임: 니노
종족: 인류]

같이 보던 왕춘 감독이 고개를 끄덕이며 말했다.

"본명은 니노 테르파입니다."

"아십니까?"

"알다마다요. 카이저 당신과 함께 영입할 외국인 선수로 고심했으니까요. 결국 인류보다는 괴물이 더 필요할 것 같다고 판단했지만요."

박영호와 저 인도 소년을 놓고 고민했다는 뜻이었다.

박영호는 은메달까지 획득했던 검증된 톱클래스였다.

그럼에도 박영호와 같이 견주고 고민했을 정도라니, 이신은 관심이 더욱 생겼다.

영상에 나오는 니노는 만 15세라고 했는데, 나이보다 훨씬 어려 보였다.

잘 못 먹고 자란 것일까? 체구가 너무 왜소했다.

'특이하군.'

이신이 주목한 것은 니노의 외모가 아니었다.

영상에 언뜻 보이는 니노의 키보드가 특이했다.

미니 사이즈의 팬터그래프 키보드.

'저런 허접한 걸 쓰다니.'

팬터그래프는 내구력이 떨어지고 고장 나기 쉬워서 프로들은 사용하지 않는다.

장비의 신뢰성이 무엇보다도 중요하기 때문이다.

하지만 니노는 굳이 저런 키보드를 쓰고 있었다.

이유는 간단했다.

'손이 작군.'

니노는 왜소한 만큼 손도 작았다.

작은 손으로 모든 단축키를 다 원활하게 누르기 위해서 저런 미니 사이즈의 조악한 키보드를 고른 것이다.

왜소한 체구만큼이나 어설픈 키보드와 마우스를 사용하는 인도 소년.

하지만 이윽고 펼쳐진 하이라이트 영상은 결코 조악하지 않았다.

─투타타타타타타!!

기동포탑과 병영 병력을 조합한 '기병 전략'으로 신족과 싸우는 광경이었다.

　기병 전략은 본래 타이밍을 노리는, 약간 도박성이 있는 전략이었다.

　아직 싸울 준비가 덜 된 신족에게 빠른 타이밍에 일격을 가하기 위하여 값싸고 빨리 모을 수 있는 보병·의무병으로 승부를 보는 것이다.

　하지만 한눈에 봐도 니노는 이미 타이밍을 놓친 상태였다.

　기병 전략에 있어서 가장 중요한 보안에 실패한 것이다.

　상대는 니노의 의도를 알아차렸는지, 병영 병력의 천적인 철갑충차를 일찍 생산했다.

　철갑충차는 확산 데미지가 들어가는 충격탄을 쏘기 때문에 보병들을 무더기로 학살할 수 있는 고급 유닛이었다.

　하지만 니노는 그대로 공격을 감행했다.

　그리고 펼쳐진 것은 엄청난 니노의 컨트롤이었다.

　충격탄의 확산 데미지를 피해서 뿔뿔이 산개하는 보병들!

　철갑충차가 충격탄을 쏠 때마다 계속 산개 컨트롤을 펼치면서, 니노는 억지로 신족의 병력을 깨뜨렸다.

　병영에서 생산된 보병들이 계속해서 각성제를 흡입하며 달려와 가세했다.

　공격 또 공격!

　확산 데미지를 피해 산개하는 컨트롤이 펼쳐질 때마다 관객들의 탄성이 터져 나왔다.

―와우, 저 컨트롤 보이십니까?

―전략을 이미 들킨 상황이라 상당히 불리한 싸움을 해야 했는데요, 전투를 설마 이기나요?

―설마? 설마? 오 마이 갓!

끝내 밀어붙여서 앞마당까지 당도한 니노는 앞마당의 확장 기지까지 부숴버리는 데 성공했다.

신족은 본진을 수비하며 반격을 꾀했지만, 니노는 항공수송선을 뽑아서 병력을 본진에 침투시켰다.

치열한 싸움 끝에 상대의 GG가 선언되었다.

뒤에 이어지는 다른 경기 하이라이트들도 하나 같이 컨트롤이 눈부셨다.

"어떻습니까? 인도에서는 카이저의 대항마라고 칭송받는 천재입니다. 무엇보다도 인도 대회에서 무패우승을 기록했으니까요."

"무패우승?"

"괜히 인도 팬들이 카이저에 견주는 게 아니지요."

"글쎄……."

무패우승에 보기 화려한 컨트롤. 확실히 팬들에게 어필하는 요소는 있었다.

그런데 자신의 대항마가 될 만큼의 저력이냐는 잘 알 수 없었다.

"한번 경기를 제대로 봐야겠습니다."

"아, 그렇다면 제가 가지고 있는 영상이 있으니 그걸 보여드리겠습니다."

이신은 왕춘 감독이 스마트폰으로 보여주는 영상을 보기 시작했다.

니노라는 저 인도 천재도 그랑프리 개인전에서 마주칠 수 있으니 봐두는 것도 나쁘지 않겠다 싶었다.


\*　　　　\*　　　　\*


[카이저의 귀환]

[무패 신화의 카이저, 다시 그랑프리에 돌아오다]

[돌아온 카이저, 2년 만에 다시 금메달 노리나]

['사상 최고액 몸값' 카이저 SC스타즈와 함께 뉴욕 입성]


야윈 체구의 인도 소년이 모니터를 뚫어져라 바라보았다.

가무잡잡한 피부에 안쓰러울 정도로 마른 팔.

작고 가느다란 손이 조악한 마우스를 움직이며 인터넷 뉴스를 바라본다.

"뭘 보니?"

뚱뚱한 중년 백인 사내가 문득 다가와 물었다.

인도 소년은 인터넷 뉴스 기사에 장식된 사진을 가리켰다.

e스포츠에 불후의 신화를 이룩한 동양의 젊은 미남자의 사진이 보였다.

공항에서 막 입국한 모습은 청바지에 흰 셔츠 차림인데도 멋졌다.

소년의 눈에는 영웅처럼 보였다.

"너무 멋져요."

"하하, 그래. 내가 봐도 멋진 남자지."

"난 저렇게 못 될 것 같아요."

소년은 자신의 작고 야윈 체구를 훑어보며 시무룩해졌다.

백인 중년 남성은 그런 소년의 머리를 쓰다듬으며 위로했다.

"잘 먹고 잘 크면 될 수 있어."

"잘 먹고 잘 커도 안 될 것 같은데."

사진 속의 카이저는 대단히 잘생겼다.

감정이 별로 없는 무표정이지만, 눈빛은 여유로웠다.

삶의 여유.

어떤 어려움에도 겁먹을 것 같지 않은 강자의 여유.

카이저라는 이름이 주는 압박감과 합쳐져서, 소년은 사진을 통해 그런 느낌을 받았다.

"대단해 보이지? 모두가 칭송하는 사람이고, 한 번도 진 적이 없고."

"네."

소년은 고개를 마구 끄덕였다.

백인 중년 사내는 씨익 웃으며 말했다.

"근데 그랑프리에서 네가 저 선수를 꺾으면 어떻게 될 것 같니?"

"이길 수 없을 것 같은데."

"그걸 누가 알아? 조건은 다 똑같아. 카이저의 유닛이 다른 사람보다 2배 더 강하기라도 해?"

"그런 건 아니지만……."

"할 수 있어."

큰 손이 소년의 등을 두드린다.

"너도 12억 인구가 있는 인도에서 무패우승을 했잖니. 영웅이
야!"

소년의 이름은 니노 테르파.

본래는 부모를 잃고 여기저기를 떠돌던 비렁뱅이였다.

신분 사회가 여전히 있는 인도에서 떠돌이 고아 소년이 먹고
살 수 있는 수단은 그리 많지 않았다.

소년은 구걸을 하고 때때로 도둑질을 하며 근근이 먹고 살았
다.

유일한 낙은 전자제품 전문점의 TV에서 보여주는 e스포츠 경
기.

창문 너머로 그걸 구경하는 게 굶주리는 날이 그렇지 않은 날
보다 더 많은 니노의 유일한 행복이었다.

한 번 해본 적도 없는 게임이지만, 니노는 그렇게 구경하는 것
만으로도 스페이스 크래프트에 대해 알 수 있었다.

그러던 중, 니노는 어느 날 좋은 타깃을 발견했다.

관광객으로 보이는 백인 중년 남성인데, 뚱뚱한 걸 보니 훔치
고 달아나도 얼마 쫓아오지 못할 것 같았다.

지갑이 바지 뒷주머니에 있는 것도 알 수 있었다.

니노는 은밀히 다가가 남성이 지도를 들여다보고 있을 때 슬

쩍 지갑을 빼냈다.

여전히 알아차리지 못한 백인 중년 남성.

그런데 얼마 지나지 않아 등 뒤에서 백인 중년 사내의 비명 소리가 울려 퍼졌다.

니노는 깜짝 놀라 골목길에 숨어 몰래 지켜보았다.

백인 중년 사내는 자기 주머니를 뒤지다가 사방을 둘러보며 절규를 하고 있었다.

급기야 울기까지 했다.

아무리 지갑을 잃어버렸다고는 하나, 저토록 비통하게 소리 지르는 모습은 난생 처음이었다.

'무슨 중요한 거라도 들었나?'

니노는 지갑을 뒤져보았다.

현금은 얼마 없었다.

다만 꽤 오랫동안 접힌 채 간직되어 있었던 종이 쪼가리가 보였다.

종이를 펴보니 아주 어린 아이가 크레파스로 그린 듯한 그림이 그려져 있었다.

"엄마, 아빠, 그리고 나……."

엉성하기 짝이 없는 그림이었음에도 니노는 알아볼 수 있었다.

아이가 그린 가족 그림이라는 것을.

이 그림 때문에 저 남자는 울며 소리치고 있다는 것을.

아마도 저 남자의 아들인 아이는 이제 세상 사람이 아니라는 것을······.

죽은 부모님이 떠올라 니노는 울컥했다.

니노는 몇 푼 되지 않은 지갑 속의 돈이 더 이상 갖고 싶지 않았다.

"아저씨, 제가 지갑을 주웠는데 혹시 아저씨 것 맞나요?"

니노는 모르는 척 남자에게 다가가서 지갑을 내밀었다.

남자는 자기 지갑을 보자 환호하며 뛸 듯이 기뻐했다.

지갑 안에 소중한 그림은 물론 돈까지 그대로 있는 것을 확인했다.

남성은 소년을 빤히 쳐다보았다.

그 순간 남성은 도둑이 누군지 알아차렸지만, 모른 척 씨익 웃었다.

"고맙구나. 내가 보답을 하고 싶은데, 어떠니?"

그것이 양아버지가 된 남자와의 인연이었다.

\*            \*            \*

니노 테르파는 e스포츠계의 이적 시장이 주목하는 핫한 매물이었다.

특히나 미국에서 니노를 강력하게 원했다.

전미 최강으로 군림하고 있는 마이클 조셉의 대항마로 니노가 될 수 있다고 생각한 것이다.

거기다가 니노에게는 미국이 좋아하는 스토리가 있었다.

관광객이었던 미국인 양아버지를 만나 지갑을 훔쳤다가 돌려주면서 인연을 맺었다.

함께 밥을 먹으면서 양아버지가 무엇이 해보고 싶으냐고 하니,

"게임."

니노는 그렇게 답했다.

그리고 양아버지의 도움으로 처음 해본 게임을 아주 능숙하게 해냈다.

늘 눈으로만 봤던 게임인데, 마치 운명처럼 니노는 재능을 발휘했다.

그렇게 니노는 아들로 입양되었고, 아버지의 지원을 받아서 프로게이머의 길을 걸을 수 있었다.

양아버지가 인도에 파견 근무를 하는 동안, 니노 또한 인도의 프로 팀에 입단하여서 연습생 시절을 거쳐 e스포츠에 뛰어들었다.

"맙소사."

"신이 내린 재능이다."

"인도의 카이저가 탄생이다!"

급속도로 실력이 늘어난 니노는 금세 팀의 에이스가 되었고, 급기야 첫 출전한 개인리그에서 무패우승을 달성했다.

아마드 부티아의 성공 이후 인도는 유망한 인재가 많은 나라로 주목받고 있었다.

그런 곳에서 로열로더에 무패우승을 해버린 니노를 본 순간,

'카이저?'

'제 2의 카이저의 출현인가?'

해외 유수의 강팀은 경기를 일으킬 정도로 과민한 반응을 보였다.

카이저의 출현이 주었던 충격이 다시금 떠올랐기 때문이다.

많은 자본을 투자해 실력 있는 선수를 과학적으로 육성할 수 있는 선진적인 인프라를 갖췄다.

그럼에도 카이저 한 사람에게서 단 한 세트도 빼앗지 못했다.

어린 니노를 본 순간 카이저에게 받은 트라우마가 되새겨졌다.

앞 다투어 니노 쟁탈전이 벌어졌다.

하지만 니노에게는 현명한 양아버지가 있었다.

"좀 더 기다려보자꾸나. 지금은 시기가 안 좋아."

애석하게도 카이저가 이적 시장에 나올 수 있다는 뉴스가 터져 버렸다.

니노가 아무리 유망해도, 말 그대로 유망주일 뿐이었다.

앞으로의 가능성은 어린 니노가 더 클지 몰라도, 오랫동안 군림해온 제왕이라는 타이틀은 의미가 남달랐다.

게다가 이미 확실한 실력이 몇 년째 검증된 카이저와 미래가 불확실한 니노는 안정성도 달랐다.

"일단 카이저의 이적이 결론 날 때까지 기다리는 게 좋을 것 같구나."

양아버지의 조언대로 니노는 온갖 강팀에서 보내는 이적 제의를 일단 보류했다.

양아버지는 니노의 드라마틱한 성공 스토리가 미국에서 아주 잘 먹힐 거라는 걸 알고 있었다.

니노의 실력과 재능도 결코 거품이 아니므로, 이적 시장이 끝날 때까지 기다릴수록 더 몸값이 높아진다고 판단했다.

거기다가,

"사람들은 네가 아직 카이저의 적수가 되지 못한다고 생각한단다."

"사람들 말이 맞아요. 제가 어떻게 그런 대단한 사람과 비교될 수 있겠어요."

"게임은 늘 공평한 상태에서 시작되잖니. 그리고 승부란 누구도 결과를 예측할 수 없단다."

"물론 운이 좋으면 이길 수도 있긴 해요. 카이저라고 승률이 100%는 아니니까요."

"그래, 그러니 자신감을 갖고 도전해보렴. 그를 꺾는 순간, 너는 새로운 월드 스타가 되는 거야."

"알았어요. 해볼게요."

"자신감이 중요해. 절대 위축되지 않겠다고 약속해다오."

"네, 약속할게요."

니노의 월드 SC 그랑프리 데뷔는 그렇게 시작되었다.

\*            \*            \*

―France!

국가명이 호명되자 프랑스의 선수 3인이 일제히 경기장 중앙 무대에 입장했다.

작년도 금메달리스트 엔조 주앙의 등장에 스포트라이트가 쏟아졌다.

오늘은 월드 SC 그랑프리 개인전의 조 편성 행사가 있는 날이었다.

경기는 없고 오직 선수 입장 및 소개와 조 편성 추첨만 있는 행사였지만, 그럼에도 e스포츠를 사랑하는 전 세계 팬이 한가득 객석을 채우고 있었다.

전 세계에 송출되는 인터넷 중계 트래픽도 엄청나서, 올해도 역시나 월드 SC 그랑프리는 흥행에 성공했음을 증명했다.

어쨌거나 작년도 금메달을 가져간 나라가 먼저 호명된다는 규칙에 따라, 올해는 프랑스 선수들이 먼저 입장했다.

지금까지 첫 등장은 언제나 한국의 몫이었다.

두말할 필요도 없이 개인전 금메달을 독점한 카이저 때문이었다.

하지만 올해는 그 첫 순서를 빼앗는 데 성공한 주인공이 활짝 웃으며 손을 흔들고 있었다.

수만 명의 관중이 볼 수 있는 대형화면이 세 프랑스 선수들의 플레이 영상 하이라이트를 재생했다.

"와아아아아!!"

"엔조! 엔조!"

"엔조 주앙!"

관객들의 환호가 한 사람에게 집중되었다.

실력과 외모를 두루 갖춘 월드 스타 엔조 주앙.

웃는 표정조차도 우아한 엔조는 뜨거운 호응을 받았다.

그리고······.

—Korea!

"와아아아아아아!!"

"카이저! 카이저! 카이저—!"

쩌렁쩌렁한 목소리로 입을 모아 한 사람의 닉네임을 외친다.

찬양.

환호.

쏟아지는 스포트라이트 속에서 세 사람이 등장했다.

박영호, 신지호, 그리고 이신.

모든 대형화면이 이신을 집중적으로 담았다.

습격을 받아 고통스러워하며 실려 갔던 뉴스의 한 장면부터, 어느 날 잠적을 깨고 경기장 관중석에서 다시 등장한 이신의 모습까지.

e스포츠의 신화 카이저의 화려하게 부활한 드라마가 영상으로 펼쳐졌다.

역시나 관객들의 마음을 잡아끄는 감동적인 스토리였다.

"카이저! 카이저!"

"God of SC!"

작년 은메달리스트였던 박영호보다도 집중적인 관심을 받는 이신.

그 뒤로도 각국의 선수들이 입장했다.

그리고 인도가 호명되었을 때 니노도 다른 두 명의 선수와 함께 입장했다.

니노는 선수 대기석에서 주위를 둘러보다가 이신을 발견했다.

은근슬쩍 이신의 옆자리로 다가가 앉았다.

"응? 다른 자리 놔두고 딱 여기에 앉는데?"

옆자리에서 박영호가 속삭였다.

이신은 옆에 앉는 니노를 바라보았다.

니노도 흘깃 이신을 보고 있었기 때문에 눈이 마주쳤다.

눈이 마주치자 니노는 약간 당황한 듯했으나 이내 어색하게 웃는다. 이신은 나직이 고개를 숙여 보이며 인사했다.

"영어 할 줄 알아?"

"네."

니노가 고개를 끄덕였다.

"이름이 니노 테르파였던가?"

"맞아요. 당신은 카이저죠?"

"맞아."

"본명은 리신이고요."

"카이저면 돼."

"네, 그렇게 부를게요."

니노는 자꾸만 이신을 쳐다보다가 슬머시 웃다가를 반복했다.

"신기해요. TV로만 봤던 사람을 직접 보니까요."

"나도 어제 네 영상을 쭉 봤어."

"정말요?"

"잘하더군."

"감사합니다."

"날 이기는 게 목표겠지?"

"…네?"

화들짝 놀라는 니노.

이신은 태연히 말을 이었다.

"인도에서는 제 2의 카이저라고 불리고 있고, 이번 그랑프리에서는 몸값을 최대한 높일 절호의 기회니까. 자기를 어필할 수 있는 최고의 이벤트는 날 꺾는 거지."

"…사실 맞아요. 이길 수 있을 거라는 생각은 별로 안 들지만요."

니노는 부끄럽다는 듯이 말했다.

"동감이야."

"……?"

놀란 얼굴을 한 니노에게 이신은 피식 웃으며 말했다.

"어제 네 경기를 쭉 봤다고 했지? 나도 네가 날 이길 수 있을 거란 생각이 안 들었어."

"그, 그런가요."

"몸값을 높이고 싶다면 나와 최대한 안 만나는 게 좋을 거야."

그러고서 잠시 침묵이 흘렀다.

박영호나 신지호나 두 사람이 대체 무슨 대화를 나눈 건지 알아들을 수가 없어 답답해했다.

그런데 우물쭈물하던 니노가 문득 용기를 냈는지 입을 열었다.

"저기, 카이저?"

"왜?"

"하나 물어봐도 될까요?"

"어."

"왜 제가 카이저를 못 이길 거라고 장담하시죠?"

"그럼 네가 날 이길 수 있다고 생각해?"

"…승부는 모르는 거잖아요."

이신은 미소를 지었다.

다소 긴장하고 위축된 어린 신인일 뿐이었다.

하지만 그럼에도 불구하고 역시나 수많은 승부를 해치고 인도의 정점에 오른 강자였다.

승부욕이 없을 리 없었다.

아무리 겸손하다 해도 자존심이 강하지 않을 리가 없었다.

진짜 강자라면 얕보이는 걸 참지 못해야 했다.

"맞아, 승부는 아무도 모르지."

"그럼 왜 그런 말씀을 하신 거예요?"

"네 반응이 궁금했어."

"절 놀린 거죠?"

"아니. 아까 그 말을 듣고도 아무렇지도 않아하면 더 이상 관심에 두지 않으려고 했어."

"아버지도 절대 위축되지 말라고 하셨어요. 그런 게 중요한가요?"

"중요해."

"전 잘 모르겠어요."

"이 세계에 익숙해지면 기 싸움의 중요성을 느끼게 될 거야. 강자들은 명백히 자기보다 더 강한 상대를 만나도 무조건 이긴다는 생각으로 경기에 임해."

"역시 잘 모르겠지만 명심할게요."

"그래."

"그런데 제 경기를 보시고 어떠셨어요?"

"나이에 비해 탁월하다는 생각은 들었어. 다만……."

"다만?"

"아직 네가 당황할 만한 상황에 처한 것을 보지 못했어. 정석적으로 짜인 판에서 이기거나 지거나 둘 중 하나뿐이었지."

"아, 그런가요?"

"그래서 이번에 보고 싶어."

의아해하는 니노에게 이신은 미소를 지으며 말했다.

"만약 나와 만나게 되면, 난 널 크게 당황하게 만들 거야. 네가 허둥대다가 무너지는지 망하는지 한번 볼 거야."

그때, 모든 선수가 다 입장했다.

비로소 행사의 순서는 추첨을 하여서 한 선수씩 시드를 배정하는 것이었다.

월드 SC 그랑프리 개인전은 스페이스 크래프트의 정식 프로리그가 있는 21개국에서 3명씩 선발한다.

그중 작년 월드 SC 그랑프리에서 금메달을 획득한 국가는 4명을 선발할 수 있는 권한이 주어진다.

그렇게 총 64명의 선수가 참가하는 것이다.

월드 SC 그랑프리 개인리그는 예선전이라 할 수 있는 64강전이 특이한 방식으로 진행된다.

일단 4인 1조로 조를 편성한다.

그리고 그 조에서 가장 먼저 3연승을 거둔 선수부터 차례로 32강 본선에 진출한다.

즉, 3연승에 실패하면 다시 재경기를 치러야 하는 하드코어한 방식이었다.

자칫 한 조의 경기가 12시간이 넘어갈 수도 있어서 팬들 사이에서도 호불호가 갈렸다. 하지만 역시 대체로 좋아하는 편이었다.

이 같은 방식이 더 짜릿하고 변수도 많아 흥미진진하다는 것이었다.

─B조, 첫 번째 시드는 바로……!

진행자가 선수의 이름이 적힌 64개의 공이 들어 있는 바구니에 손을 넣었다.

이윽고 진행자는 공을 꺼내 이름을 확인했다.

─Kaiser!

"와아아아!!"

관객들이 환호했다.

선수들은 B조에 호명되지 않기를 기도하기 시작했다. 이신이 흘깃 옆을 보니 박영호도 기도하고 있었다.

"제발 B조는 피하자, 제발!"

"쯧쯧."

이신은 주접을 떠는 박영호를 보며 혀를 찼다.

이윽고 브라질 선수가 B조 두 번째 시드에 호명당해 머리를 싸쥐며 괴로워했고, 세 번째 시드는 벨기에 선수가 받았다.

너털웃음을 터뜨리는 벨기에 선수가 영상에 나오자 관중들도 함께 웃었다.

그리고 진행자가 마지막 네 번째 시드를 뽑았다.

운명의 장난이었을까?

―Nino!

호명당한 니노는 눈을 동그랗게 뜬 채 진행자와 옆의 이신을 번갈아보았다.

제 2의 카이저라 불리는 인도의 신성이 진짜 카이저와 만나게 된 것이었다.

# 제9장

예선

"후딱 끝내야겠네."

A조에 배정된 박영호는 개인전 첫날부터 경기를 치르게 되었다.

목 스트레칭을 하며 여유만만하게 나서는 박영호였지만, A조는 만만치 않았다.

영국의 톱 프로게이머 알렉산더 스테인이 속해 있었기 때문이다.

나무랄 데 없는 탄탄한 운영을 자랑하는 알렉산더 스테인은 종족 상성상 천적인 괴물을 상대로도 승률이 꽤 높은 선수였다.

작년 그랑프리 개인전 성적은 16강에 그쳤지만, 잘생긴 외모 덕에 은메달리스트인 박영호보다도 훨씬 인기가 좋았다.

월드 SC 올스타전도 출전했을 정도이니 말 다한 셈이었다.

"저렇게 얼굴로 게임하려 드는 놈들을 제가 가장 싫어하거든."

박영호는 삐뚤어진 투지를 불태우며 경기에 나섰다.

첫 경기는 A조 첫 시드를 받은 알렉산더 스테인이었다.

박영호는 세 번째 시드였는데, 알렉산더 스테인이 3연승을 거두기 위해 넘어야 할 마지막 상대였다.

"잘하는데."

알렉산더 스테인의 첫 경기를 보며 이신이 말했다.

상대 인류의 페이크 더블을 깔끔한 거신병기 무빙 컨트롤로 막아내는 알렉산더 스테인이었다.

상대 인류는 보병 6명, 기동포탑 1기, 고속전차 1기라는 잘 조합된 구성으로 밀어붙였다.

하지만 거신병기들이 계속 뒷걸음질을 치며 레이저빔을 쏴 보병들의 숫자를 꾸준히 줄였다.

그리고 마지막은 광신도 1기를 총알받이로 던지며 그대로 들이받아 기동포탑까지 커트시키는 데 성공했다.

그 와중에 고속전차가 본진 안까지 파고들어서 일꾼 피해가 예상됐지만, 알렉산더 스테인은 신도들을 전부 컨트롤해 고속전차를 한 번에 감싸서 격파해 버렸다.

"일꾼 컨트롤 제법 하네."

그 점은 박영호도 인정했다.

완전히 전의를 잃은 상대는 알렉산더 스테인의 역습을 받아 무릎 꿇었다.

유리해지자 병력 생산에 집중해 곧바로 역습을 한 과감한 판단이 일품이었다.

"와아아아아!"

"스테인! 스테인!"

팬들이 환호했다. 역시나 외모 덕에 어딜 가도 호응받는 스타였다.

박영호는 그 모습에 더욱 질투심에 휩싸인 표정이었다.

"역시 죽여 버려야겠어."

이신은 그저 쯧쯧 혀를 찰 뿐이었다.

이어서 중국 선수를 상대로도 또다시 승리를 거둔 알렉산더 스테인은 32강 진출까지 1승만 남겨놓게 되었다.

"자, 이제 똥물을 끼얹으러 가볼까?"

연승 행진이 끊겨버리면 처음부터 다시 3연승을 해야 한다.

하필 3번째 상대가 저 삐뚤어진 마인드와 실력을 겸비한 박영호라니. 알렉산더 스테인도 어지간히 운이 안 좋은 셈이었다.

─아! 바퀴가 기습적으로 본진 난입을 시도합니다!

─잘 막아야 할 텐데요, 스테인!

초반부터 바퀴를 많이 뽑은 박영호는 기습적으로 공격을 감행했다.

하지만 안전 위주로 플레이하는 알렉산더 스테인은 심시티의 빈공간도 광신도를 세워서 잘 막고 있었기 때문에 위급한 상황까지는 나오지 않았다.

전투에서 손해를 본 쪽은 박영호.

하지만 전투를 틈타서 바퀴 3마리가 알렉산더 스테인의 본진에 침투하는 데 성공했다.

고작 바퀴 3마리로 할 수 있는 일은 많지 않았다.

하지만 알렉산더 스테인의 본진 내부 상황을 정찰할 수 있는 게 컸다.

무엇보다도,

―아, 러너의 바퀴들이 쉬지 않고 돌아다니며 일하는 신도들을 괴롭힙니다.

―저러면 많이 귀찮죠.

박영호는 멀티태스킹 싸움을 걸었다.

광신도 2명이 쫓아다녔지만, 발 빠른 바퀴들을 따라잡기는 힘들었다.

바퀴 3마리는 계속 이리저리 휘젓고 다니며 종종 신도들을 습격했다.

그럴 때마다 알렉산더 스테인은 공격받는 신도를 대피시키고, 다른 신도들로 일제히 바퀴 떼를 공격해야 하는 귀찮은 상황에 빠졌다.

그러면 바퀴 떼는 얄밉게도 다시 물러나 다른 방향에서 다시 치고 빠지기를 반복했다.

명백히 상대를 귀찮게 만들어 페이스를 흐트러뜨리겠다는 악의였다.

그렇게 열심히 상대 본진을 휘젓고 다니는 와중에도 박영호의 빌드 오더는 완벽하게 척척 진행되고 있었다.

알렉산더 스테인도 박영호의 괴롭힘을 받고 있으나, 침착하게 대처하며 계획했던 대로 운영을 해나갔다.

하지만 방해를 받을 때마다 조금씩, 아주 조금씩 국면이 박영호에게 웃어주기 시작했다.

무엇보다도 박영호는 알렉산더 스테인이 무엇을 하고 있는지 훤히 보고 있었으니 말이다.

마침내 거신병기가 생산되었다.

거신병기는 원거리 레이저빔으로 바퀴 떼를 진압하기 시작했다.

그 순간,

―으악!

바퀴 떼는 삽시간에 신도 하나를 사살했다.

아까 공격 받아서 체력이 얼마 없었던 신도를 귀신 같이 찾아내 습격한 것이다.

거기서 끝나지 않았다.

―으악!

또 다른 신도 하나가 더 죽었다. 역시나 계속되는 바퀴 떼의 테러에 체력이 닳아 있었던 신도였다.

'허······.'

이신은 가볍게 전율했다.

그저 자원 채집을 방해하는 견제 정도가 아니었다.

계속 끈질기게 신도의 체력을 깎아놓은 것은 결국 저렇게 피해를 입히기 위한 포석이었다.

—으악!

마지막 남은 바퀴 하나가 죽기 직전에 신도 하나를 더 길동무로 데려갔다.

"와아아아아!!!"

"오 마이 갓!"

"러너가 완전히 미쳤어!"

그야말로 미쳐 버린 멀티태스킹과 컨트롤!

심리적인 데미지를 입혔다는 점에서 의미가 컸다.

이신은 어째 박영호가 상대가 잘생길수록 강해지는 게 아닌가 하는 생각이 들었다.

이어서 알렉산더 스테인이 맞이한 재앙은 엄청난 숫자의 바퀴 떼였다.

박영호가 바퀴 생산에 올인해서 승부를 건 것이다.

압도적인 숫자로 밀어붙였다. 심시티고 뭐고 전부 다 때려 부수며 전진했다.

앞마당의 신도들까지 동원해 블로킹을 잘한 알렉산더 스테인이었지만,

—오 마이 갓! 하늘군주까지 동원했습니다!

—저 업그레이드를 또 언제 했나요?!

하늘군주가 본진으로 날아와 바퀴 떼를 드롭했다.

안팎에서 바퀴 떼가 어지럽게 뛰어다닌다.

박영호는 자신의 역대급 멀티태스킹 능력을 십분 발휘했다.

본진에 드롭시킨 바퀴들을 계속 분산시켜서 여러 곳을 동시

에 타격했다.

상대를 더 패닉에 빠뜨리는 난전이었다.

철갑충차가 생산되었지만, 기다리고 있었던 바퀴 떼가 빙 둘러싸서 린치를 해 허망하게 파괴시켰다.

결국 알렉산더 스테인은 고개를 휘휘 저으며 GG를 선언했다.

환호를 받으며 부스에서 나온 박영호는 카메라가 자신을 비추자 손가락을 까닥거리며 세리머니를 했다.

'나한텐 어림없지'라고 말하는 듯한 제스처였다.

5분의 휴식 시간이 끝나고 박영호는 2연승에 도전했다.

상대는 알렉산더 스테인의 첫 상대였던 인류였다.

박영호는 쐐기충과 바퀴의 조합으로 초반부터 공세를 펼쳐서 가볍게 승리를 따냈다.

상대는 쐐기충에 대비해서 대공방어를 열심히 했지만, 바퀴까지 동원해 공격해올 줄은 몰랐던 모양이었다.

바퀴 떼가 대공포를 깨부수며 쐐기충들이 날아다닐 수 있는 활로를 만들어주었다.

그리고 이어지는 쐐기충 편대의 쇼 타임.

박영호는 이신을 상대로도 기꺼이 공중전을 감행할 정도로 비행 유닛 컨트롤에 자신이 있는 편이었다.

―쐐애액!

―퍼엉! 펑! 펑!

―으악! 으아악!

쐐기충 편대가 건설로봇과 보병들을 살육했다.

쐐기를 쏘는 동시에 U턴하며 빠지는 터닝 샷 컨트롤이 한 번
의 실수도 없이 계속 먹혀들었다.

그렇게 막대한 피해를 입히면서, 박영호는 모아 놓은 바퀴 떼
를 다시 한 번 공격시켰다.

'기회가 생기니까 거침없이 올인을 하는군.'

쐐기충 견제가 잘 먹혀서 상대의 병력이 계속 잡아먹혔다.

그러자 박영호는 모든 테크 트리를 취소하고 오직 값싸고 빨
리 생산할 수 있는 바퀴를 모으는 데 집중했다.

이번에도 일찍 끝장을 보겠다는 박영호의 공격적인 전략이었
다.

최후의 일격.

쐐기충이 현란하게 비행하며 길을 열었고, 열린 길을 따라 바
퀴 떼가 밀려들어 인류의 진영을 엉망진창으로 휘저었다.

여기저기 건물들이 바퀴에게 얻어맞아 불타오른다.

괴물에게 잠식당한 인류의 몰락.

마치 스페이스 크래프트의 시나리오 영상의 한 장면을 보는
듯한 압도적인 괴물의 위용이었다.

'고약한 걸 새로 익혔군.'

바퀴 떼를 부리는 박영호의 컨트롤이 전보다 더 늘었다는 생
각이 들었다.

또한 본진 안으로 난입하는 데 성공하자 바퀴 떼를 삽시간에
여러 갈래로 분산시켜서 사방팔방을 일시에 어지럽혀 버리는 전
술도 대단했다.

저렇게 당해 버리면 상대가 어느 쪽의 바퀴들을 먼저 진압해야 하는지 몰라 우왕좌왕할 수밖에 없었다.

잠시 5분 휴식이 주어져서 대기실로 돌아온 박영호는 이신을 향해 씨익 웃었다.

"어때? 내 변변치 않은 솜씨가."

"왜 결승전 때 그렇게 안 덤볐는지 궁금해질 정도군."

"그때 형한테 져서 우승 놓치고서 나름대로 심기일전한 거야."

한층 더 공격적으로 변한 박영호.

지금의 박영호는 거의 흉기 그 자체가 되어 있었다.

"후딱 끝낼 테니까 관광이나 가자."

박영호는 자신만만하게 말하며 다시 무대로 향했다.

세 번째 상대인 중국 선수도 역시 종족은 인류였다.

유리한 종족 상성을 가졌건만, 중국 선수는 오히려 박영호보다 더 긴장하고 있었다.

게임이 시작되었다.

시작한 지 얼마 되지 않아 이변이 발생했다.

중국 선수가 8병영 치즈러시를 시도한 것.

맵 중앙에서 병영을 짓는 것을 보며 관중들이 웅성거렸다.

중국 선수는 박영호의 3연승을 훼방 놓기 위해 필살의 수단을 감행한 것이었다.

'뭐, 요즘은 자주 사용되는 빌드라 필살이라 할 만한 것도 아니지만.'

딱히 중국 선수가 치사하다고 할 것도 없을 정도로 일반적인 전략이었다.

건설로봇이 자기 앞마당에서 참호를 건설하기 시작하자, 박영호는 즉각 일벌레를 다수 동원했다.

이윽고 보병 1명과 건설로봇 3기가 추가로 몰려왔다.

이제 남은 건 컨트롤 싸움이었다.

—으악!

삽시간에 산개한 일벌레들이 날렵하게 보병에게 붙어서 잡아죽였다.

일벌레들은 그대로 맵 중앙으로 향했다.

맵 중앙에 지어진 상대측 병영을 발견. 막 걸어오고 있었던 보병과 맞닥뜨렸다.

황급히 달아나는 보병과 질기게 쫓아가는 일벌레들.

추격전 끝에 결국,

—으악!

보병이 죽고 말았다.

압도적인 컨트롤 실력!

이윽고 박영호에게서 바퀴 6마리가 생산되었다.

바퀴 6마리는 그대로 일벌레들과 함께 적진으로 역습을 떠났다.

텅텅 빈 인류의 본진은 어떠한 방어 수단도 없었다.

—하하, 맙소사! 치즈러시를 감행했는데 러너의 일벌레 하나 처치하지 못했습니다.

—러너의 경기력이 대단히 좋아 보이네요.

―예, 이제 같은 팀 동료가 된 카이저의 금메달 탈환에 가장 큰 걸림돌로 러너가 될 지도 모른다는 생각이 들었습니다.

그렇게 박영호는 깔끔하게 3연승을 달성해 32강에 진출했다.

"자, 가자! 브로드웨이! 월스트리트!"

대기실로 돌아온 박영호가 실실 웃으며 관광 가자고 졸랐다.

"경기마저 보고."

"아 왜, 볼 것도 없어! 다 허접들이라니까?"

"알렉산더 스테인 경기는 한 번 봐둘 만하지."

"걔 나한테 발리는 것 못 봤음?"

하지만 박영호가 너무 빨리 예선을 통과한 탓에 시간은 많이 남아 있었다.

두 사람은 함께 A조의 남은 경기를 관람했다.

A조의 3인은 남은 32강행 티켓 1장을 놓고 재경기를 벌였다.

알렉산더 스테인은 가뿐하게 2연승에 성공하여서 그 티켓을 거머쥐었다.

"제법 하긴 하네."

박영호는 썩은 미소를 지으며 말을 이었다.

"상대가 내가 아니라면 말이야! 크크크큭."

이신은 그런 박영호가 골룸처럼 보였다.

 

＊      ＊      ＊

 

**―제 2의 카이저가 카이저를 만났군.**

―인도에서 그렇게 제 2의 카이저라고 밀어주더니 드디어 소원 성취하겠군.

―하지만 현실은…….

―현실은 카이저에게 완패겠지.

―그 정도면 아동 학대 수준이 아닐까? 그 인도 꼬마는 카이저에게 정신적으로 살해당할 거야!

―심하게 당해서 트라우마가 생기면 재능이 채 다 피워보기도 전에 망가질 수도 있는데.

―어이어이, 아무리 카이저가 상대의 멘탈을 건드리길 즐기지만, 어린아이를 상대로까지 그러지는 않겠지.

―카이저라면 몰라. 게임이니까 전부 용서받을 줄 안다고!

―아니, 애당초 신께서는 남들이 뭐라고 하든 전혀 신경 안 쓰지.

―한국에서 카이저는 민간신앙급이라면서?

―실은 나도 간밤에 게임 실력이 올라가게 해달라고 카이저께 기도했어.

―아무튼 난 인도 꼬마의 슬럼독 밀리어네어 실사판이 해피엔딩으로 끝나길 기도하겠어.

―너희들, 근데 니노의 플레이는 보고 그런 소리 한 거야? 그 꼬마의 플레이도 보통이 아니었어.


월드 SC 그랑프리 개인전, B조의 경기를 앞두고 전 세계 네티즌들의 반응은 대체로 니노의 패배를 전망하고 있었다.

니노를 지지하는 팬들조차도,

—신이시여, 부디 험한 꼴 안 보고 패배하게 해주세요, 아멘.

—졌지만 잘 싸웠다 정도로 봐주세요.

—폐하, 이제 막 성공 스토리 쓰려는 아이입니다! 자비를!

—너희는 도대체 누구 편이야?


그랬다.

e스포츠의 팬 대부분은 기본적으로 카이저의 팬이었다.

지나치게 솔직한 성격과 때때로 상대의 멘탈을 박살 내는 악랄한 플레이 탓에 안티도 있었지만, 카이저의 절대무적의 실력은 상식이자 진리였다.

하지만 니노는 물론 그런 비관적인 전망에 그대로 순응할 생각이 없었다.

'이기고 싶어.'

니노는 카이저의 역대 경기 영상 중 인류 대 인류전을 계속 찾아보며 연구했다.

머나먼 천상계의 신이라 생각했던 카이저를 바로 옆자리에서 만났을 때, 니노는 크게 자극을 받았다.

손에 닿을 수 없는 환상의 존재가 아니었다.

바로 옆에 숨소리까지 들리는 곳에 그는 있었다.

거기에,


"난 널 크게 당황하게 만들 거야."

이신의 예고가 지금껏 숨겨져 있었던 니노의 투지를 자극했다.

'같은 사람이니까 내가 이기지 말라는 법도 없어.'

니노는 이신이 패배했던 경기를 중점적으로 찾아보았다.

마이클 조셉, 신지호, 차이 등 이신에게 승리한 적이 있었던 인류 플레이어는 생각보다 많았다.

'역시 디펜스가 관건인가?'

신지호와 차이는 빈틈이 없는 디펜스로 카이저의 견제를 막아 내 우위를 차지했다.

마이클 조셉의 경우, 라스베이거스에서 열렸던 개막전 이벤트 매치 1세트에서 카이저를 상대로 승리를 거뒀다.

그 뒤는 신족을 고른 카이저에게 참패했지만, 인류 대 인류전만 놓고 보면 마이클 조셉의 우위였다.

하지만 그런 마이클 조셉의 패턴은 카이저를 뛰어넘는 어마어마한 피지컬이었다.

준비된 전략과 더욱 강력한 피지컬로 누른 셈이었다.

'이건 내가 흉내 낼 수가 없어.'

손이 느린 편인 니노는 마이클 조셉 같은 괴력을 내기 힘들었다.

그렇다면 역시 신지호와 차이가 보여준 디펜스 위주의 후반 운영이 모범답안이었다.

'한번 해보자.'

니노는 빌드 오더부터 심시티까지 세심하게 짜며 준비를 시작했다.

　그리고 다음날.

　―드디어 그가 돌아왔습니다!

　"와아아아아아아!!"

　"카이저! 카이저! 카이저!"

　"플레이어 신!"

　"카이저!!"

　다시는 볼 수 없으리라 생각했던 카이저의 월드 SC 그랑프리 공식 경기가 펼쳐지려 했다.

　열광하는 팬들을 향해 이신은 고개를 꾸벅 끄덕여 보였다.

　경기장은 마치 이신을 위해 존재하는 장소 같았다.

　모든 곳에서 이신에 대한 열광의 목소리만 가득했다.

　덕분에 B조 1세트, 이신의 첫 상대인 브라질 선수는 다소 긴장한 기색이었다.

　남의 홈그라운드에서 싸우는 듯한 중압감이 들 터.

　하지만 세계 최고의 프로게이머를 상대해야 하는 이상 어쩔 수 없이 극복해야 하는 과제였다.

　이신도 첫 데뷔 때는 그런 압박감을 겪었으니 말이다.

　―이게 꿈은 아니겠지요? 여러분은 지금 카이저의 경기를 곧 보실 수 있습니다. VOD도 아니고 생중계입니다! 그랑프리의 무대에서 다시 카이저가 마우스를 잡았어요!

　―손목 부상을 이겨내고 다시 돌아온 카이저 선수, 정말 대단합니다. 얼마 전에는 최고 이적료·최고 연봉을 갱신했고, 하루하

루 전설을 만들어나가고 있습니다.

—하지만 영원한 것은 없죠! 과연 카이저의 전설을 종식시킬 또 다른 강자가 탄생할지 지켜보겠습니다.

—B조 1경기, 시작합니다!

브라질 선수가 택한 전략은 초반의 광신도 푸시였다.

이신이 앞마당에 확장 기지를 가져갈 즈음, 광신도 1명이 당도했다.

—과감합니다! 카이저를 상대로 공격적인 초반 전략을 시도했어요.

—카이저의 앞마당은 심시티가 잘 되어 있는데요. 보병은 1명밖에 없습니다.

이신의 앞마당은 통제사령부, 군량고, 병영이 비스듬히 연결된 형태로 심시티가 이루어져 있었다.

그 건물 사이의 틈새는 보병은 통과할 수 있으나, 상대적으로 몸집이 큰 광신도는 통과할 수 없었다.

이를 십분 이용하여서 이신의 보병은 심시티 바리케이드 뒤편에서 총을 갈겼다.

—투타타타타!

광신도는 심시티 바리케이드를 우회하여서 보병을 향해 달려들었다.

보병은 또다시 건물 사이 틈새로 빠져나가 총을 쐈다.

그러자 광신도는 보병을 무시하고 그대로 이신의 본진에 들어가려 했다.

그 순간,

—블로킹!

—어김없이 칼 타이밍에 뛰쳐나와 길을 막는 건설로봇들!

—초반의 카이저는 절대방어모드입니다!

광신도는 하는 수 없이 앞을 막는 건설로봇들을 때리기 시작했다.

그때, 보병이 1명 더 생산됐다.

동시에 광신도 1명이 더 나타나 전투를 치열하게 만들었다.

심시티 바리케이드를 사이에 두고 양쪽에서 광신도가 1명씩 있는 상황.

보병은 더 이상 피할 곳이 없었다.

하지만,

—크아악!

앞서 침입했던 광신도 1명이 건설로봇들에게 에워싸인 채 린치를 받아 죽고 말았다.

반면 이신은 얻어맞던 건설로봇을 다른 건설로봇이 수리한 탓에 사상자가 없었다.

하지만 상황은 지금부터였다.

계속 추가로 오는 광신도와 뒤얽혀 어지러운 난전이 펼쳐졌다.

건설로봇들이 계속 춤을 추며 블로킹하고 에워쌌다가 서로 수리한다.

광신도들은 2칸 거리의 칼날로 날뛰었다.

건설로봇도 죽고 보병도 죽었다. 광신도도 계속 죽었다.

숨 막히는 전투가 경과할수록 관중들의 목소리가 커졌다.

"와아아아아아아!"

계속 공격을 당하고 있는데도 잘 막아내고 있는 이신의 디펜스가 너무나 탁월했던 것이다.

초인적인 디펜스!

신의 블로킹이라 불릴 만한 건설로봇 컨트롤이었다.

결국 광신도 푸시는 막혀 버렸다.

이신은 막 생산된 고속전차로 즉각 보복에 나섰다.

스피드 업그레이드까지 된 고속전차는 빠르게 질주했다.

맵을 크게 우회하여 상대의 눈을 피해 적진 가까이에 접근하는 데 성공.

그러고서 앞서 정찰을 보냈던 건설로봇으로 먼저 적진을 살폈다.

신족의 앞마당은 심시티가 되어 있었고, 좁은 입구는 거신병기 1기가 지키고 있었다.

건설로봇이 접근하자 거신병기가 레이저빔을 쐈다.

건설로봇은 레이저빔에 몇 대 맞고서 황급히 도망쳤다.

그러자 거신병기가 쫓아오며 계속 때리기 시작했다. 몇 대만 더 때리면 죽일 수 있었기 때문이었다.

하지만,

―아! 속았습니다!

―카이저의 유인에 넘어 갔어요! 미끼를 덥석 물어버린 거신병기!

─거신병기가 길을 비켜난 틈에……!

거신병기가 건설로봇을 쫓느라 살짝 자리를 비켜난 순간, 고속전차가 쏜살같이 침투했다.

그제야 부랴부랴 돌아오는 거신병기!

앞마당에서 일하던 신도가 본진 출입구를 막으려 했지만, 아슬아슬하게 고속전차가 먼저 통과해 버렸다!

─들어갔어요!

─얼마나 피해를 받을지!

─1기뿐이라고 안심할 수 없습니다! 카이저의 고속전차입니다!

고속전차가 자원을 캐던 신도들을 공격하기 시작했다.

이것을 노리고 스피드 업그레이드를 먼저 한 탓에, 고속전차는 대단히 날렵하게 치고 빠지며 신도를 하나씩 사냥해나갔다.

1명, 2명, 3명…….

고속전차는 신도를 4명이나 잡고서 격파되었다.

하지만 추가 생산된 고속전차가 또 들어와서 이번에는 앞마당을 테러했다.

또다시 신도 2명이 잡혀 버렸다.

간신히 수습했나 했더니, 고속전차가 2기나 또 나타났다.

이번엔 광신도와 거신병기로 앞마당 입구를 확실히 막아섰다.

그러자 고속전차 2기는 그들 앞에 지뢰를 매설하는 게 아닌가?

스피드 업그레이드에 이어 지뢰 업그레이드.

이신은 기동포탑의 포격모드 업그레이드를 뒤로 미루고, 완전히 고속전차에 힘을 실은 것이었다.

지뢰의 폭발을 피해 물러나는 바람에 또다시 입구가 열렸다.

고속전차 2기는 그 틈을 비집고 들어가 또다시 앞마당에 테러를 가했다.

지뢰를 또 매설한 탓에 이번에는 진압하기가 한층 까다로웠다.

신족에게 괴로운 시간이 계속되었다.

발동이 걸린 이신은 항공수송선까지 동원하여서 고속전차를 계속 찔러 넣었다.

본진이든 앞마당이든 가리지 않고 휘젓고 다니며 지뢰를 박는 고속전차들!

그 미친 견제 플레이에 의하여 브라질 선수는 결국 GG를 선언할 수밖에 없었다.

—대단합니다! 예전 모습 그대로의 카이저의 플레이!

—쉬지 않고 게릴라를 펼치며 상대를 말려 죽이는 그 시절 그 모습 그대로입니다!

그렇게 1승을 달성했다.

'저걸 막아내야 해.'

선수 대기실에서 경기를 지켜본 니노가 생각했다.

고속전차는 인류전에서도 주력으로 사용된다.

고속전차 플레이만 완벽 봉쇄하면 카이저의 손발을 묶은 것이나 다름없었다.

견제는 잘 막기만 하면 무조건 시도한 쪽의 손실이 되기 때문이다.

그렇게 카이저의 칼날을 계속 막아내면 막아낼수록 이득이 누적되어 우위를 얻는다.

니노가 전략을 고민하고 재점검하는 동안, 이신은 두 번째 상대였던 벨기에 선수를 또다시 가볍게 꺾고 2연승을 달성했다.

이제 니노의 차례였다.

\*             \*             \*

'이제 한 명 남았군.'

이신은 어서 예선을 통과하고서, 시간적 여유가 될 때 마계를 다녀올 작정이었다.

마계를 다녀와서 잃었던 게임 감각을 회복할 시간이 필요했기 때문이다.

그러다가 문득 니노 테르파가 떠올랐다.

'기대되는군.'

니노는 이곳 그랑프리에 참가한 프로게이머들 중 스페이스 크래프트를 플레이해 본 시간이 가장 적었다.

실제로 게임을 해본 지 1년도 되지 않았으니 말 다한 셈이었다.

그럼에도 인도에서 무패우승을 할 수 있었던 이유는, 바로 상상력이었다.

떠돌이 소매치기 시절, 전자제품 판매점 창밖에서 TV를 들여다보며 게임을 보고 머릿속에서 끊임없이 플레이해 본 것이다.

그렇게 홀로 외롭게 보냈던 상상 속의 플레이들이 니노를 만들었다.

그래서 빌드 오더나 전략 형태는 흔히 볼 수 있는 정석 패턴이나, 전투 때는 궤를 달리하는 돌발적인 전술이 자주 나왔다.

어린아이의 공상 같은 전술.

그런데 그것들이 한 번도 실패하지 않았다.

'천재가 맞긴 하군.'

게임을 할 수 없어서 상상으로 플레이하며 실력을 키운 니노 테르파.

그 정도면 천재가 맞았다.

그래서 더 기대가 되는 이신이었다.

# 제10장

니노

가뿐하게 2연승을 거둔 이신.

마지막 한 명만 꺾으면 32강 진출 확정이었다.

이것만 통과하고 나면 당분간은 마계에서 72악마군주의 축제에 집중할 생각이었다.

'그 마지막 한 명이 고비인가? 아니, 고비라고 할 것까지도 없지만.'

B조의 마지막 상대는 니노 테르파.

B조의 선수들 중 가장 강한 상대였다.

하지만 이신은 니노가 자신보다 실력이 위라고 생각하지 않았다.

'일단 기본기 측면에서 본다면 차이가 더 우위지.'

사실 인도는 e스포츠계에서 그다지 실력이 뛰어난 곳은 아니었다.

인도는 이제 막 e스포츠에 눈을 뜨고 태동한 시기이기 때문이다.

인도에서 e스포츠가 인기를 얻기 시작한 것도, 아마드 부티아가 미국에 진출하여 성공을 거두면서부터였다.

그 영향을 받아 인도의 프로게이머들은 실력을 쌓아 미국에 진출해 성공하는 것을 가장 큰 목표로 하고 있었다.

때문에 급성장을 하고 있긴 하지만, 아직 인도는 실력 수준에서 한국보다도 아래였다.

물론 그렇다고는 해도 프로게이머의 숫자가 많은 인도에서 무패우승을 한 니노의 대단함이 폄하되는 것은 아니었다.

하지만 냉정하게 보았을 때, 이신은 니노의 실력을 차이보다 아래로 보고 있었다.

다만······.

'가끔 상식을 벗어난 플레이를 한다.'

큰 틀에서의 전략과 빌드 오더는 널리 알려진 정석의 틀을 벗어나지 않는다.

하지만 전투 등 전술 레벨의 상황에서 니노는 가끔 돌발적인 플레이를 펼친다.

희한한 전술과 궤를 달리하는 컨트롤로 상대의 허를 찌른다.

차이 같은 판단력도 없고, 장양처럼 전율스러운 피지컬을 지닌 것도 아니었다.

그렇게 언뜻 보기에 특별할 게 없어 보이는 니노가 무패우승이라는 위업을 달성해서 일약 스타로 떠오른 비결이 바로 그런 의외성이었다.

상상력!

해외 프로 팀들이 높이 사는 니노의 재능은 바로 그 부분이었다.

곧 시작될 B조 3경기.

설사 여기서 지고 니노가 먼저 32강에 올라간다 해도, 이신은 큰 문제가 없었다.

남은 둘을 꺾고 32강행 티켓 한 장을 따면 그만이니까.

니노로서도 좋은 기회였다.

이신만 꺾으면 남은 둘은 상대적으로 손쉬운 상대.

또한 상대가 이신이면 세계 무대에서 자신의 이름을 어필할 좋은 기회였다.

지면 또 어떤가?

상대가 카이저인데.

지더라도 좋은 모습만 확실히 보여주면 이제 막 프로게이머를 시작한 니노에게 손해 볼 것이 없었다.

오히려 패배에 대한 리스크는 이신이 컸다.

엄밀히 따지면 니노 테르파 측이 제 2의 카이저랍시고 언론 플레이를 하면서 멋대로 견주려 드는 상황.

괜히 지기라도 하면 체면을 구김과 동시에 니노의 명성만 높여주는 꼴이 아닌가.

물론 이신은 별로 그런 것에 구애받지 않았다.

상대가 누구든 상관없었다.

왜냐하면,

'지면 똑같이 기분 더럽거든.'

휴식 시간이 끝나자 이신은 무대로 나아갔다.

인도의 어린 천재가 그를 기다리고 있었다.

*　　　　　*　　　　　*

─전 세계 e스포츠 팬 여러분, 대망의 3경기가 시작됩니다.

─먼저 한국의 카이저! 예, 아직도 현재진행형인 e스포츠의 신화가 32강 티켓을 따낼 준비를 완료했습니다. 그리고 반대편 부스는 인도에서 온 천재 소년 니노입니다!

─무패우승을 달성하고 월드 SC 그랑프리에 홀연히 나타난 신인이라는 점에서 예전 카이저의 첫 출전을 연상케 하고 있죠? 알면 알수록 정말 심상치 않은 선수입니다.

─현재의 전설과 미래의 전설의 대결이라고 해도 될까요? 어찌됐건 끝내주는 경기가 될 것은 분명합니다!

─3경기 맵은 나락. 신족이 대체로 강세를 보이는 맵입니다.

─이거 설마 카이저가 신족을 고르는 건 아닐까요?

─하하, 그러면 니노의 머릿속이 꽤나 복잡해지겠죠. 카이저의 신족 플레이는 마이클 조셉조차도 애를 먹잖습니까.

─팬들은 카이저가 어떤 종족을 고르기를 원할까요? 저 같은

경우는 역시 카이저의 명품 인류 플레이를 보고 싶은데요.

─카이저의 신족을 보고 싶어 하는 팬들도 상당히 많습니다. 카이저가 메인이 아닌 다른 종족을 고를 때마다 굉장히 재미있어 해요. 카이저가 이제 인류는 너무 쉬우니까 다른 종족도 하는구나, 하고요.

─하하하! 카이저는 정말 이 게임을 완전히 마스터한 게 아닐까 싶네요.

그런데 해설진들의 우스갯소리가 나온 직후였다.

문득 채팅창에서 이신이 니노에게 말을 걸었다.

─Kaiser: random?

재미있는 장면이라고 생각했는지 카메라 감독은 선수 간의 채팅 내용을 화면에 잡았다.

"하하하!"

"랜덤해도 되냐고 묻는 거지?"

"생각해보니 카이저는 랜덤을 해도 되잖아?"

이신의 기이한 행각에 관객들이 웃음을 터뜨렸다.

니노는 곧장 대답했다.

─Nino: No!

이에 가볍게 웃는 이신의 모습이 대형화면에 나왔다.

관객들은 더욱 즐거워했다.

별것 아닌 이 농담에 인터넷 생중계의 시청자 채팅창은 난리가 났다.

—맙소사! 시작됐어! 카이저의 안 좋은 성격이 발휘되기 시작했다고!

—카이저가 작심했으니 저 가여운 인도 소년은 잔인하게 짓밟힐 거야.

—그냥 농담한 게 아닐까?

—그럼 종족을 왜 아직도 랜덤으로 놔두는 건데?

—드디어 월드 SC 그랑프리에서 랜덤을 볼 수 있겠군.

—근데 솔직히 카이저가 랜덤 고르면 재미있을 것 같아 :D

—나도 랜덤 보고 싶어.

—상대 종족도 몰라서 당황하는 니노를 보고 싶긴 해. 흥미로울 거야.

—농담이 아니라 정말 카이저는 랜덤을 하는 것만으로도 크게 유리해져. 니노는 상대 종족을 모르니 모든 종족을 상대로 통용 가능한 빌드 오더를 쓸 텐데, 카이저는 거기에 맞춰서 카운터 전략을 구사할 수 있다고.

—시작부터 핀치에 몰린 셈이네. 카이저, 완전히 괴물이 되었어.

—이게 다 우리들 인간 탓이야. 신께서 적수가 없어서 심심하다고 다른 종족을 하신 거 아냐? 우리들 인간이 더 노력해야 했어.

—에이, 설마. 어린애를 상대로 카이저가 그렇게까지 할 것 같지는 않아.

—못할 건 또 뭐야? 그 어린애를 일부러 제 2의 카이저로 띄워서 라이벌 구도처럼 연출한 건 그랑프리 측이야. 같잖은 상대랑 비교당했으니 카이저가 열 받아서 본때를 보여줄 수도 있지.

—게임하는 카이저는 성격이 좋지 않지.

—어이, 친구. 카이저는 평소에도 성격이 안 좋아ㅇ이

상대를 약 올리는 데 특화된 이신의 플레이 스타일은 이미 널리 알려진 사실이었다.

가장 무서운 카이저의 무기로 심리전을 꼽는 전문가도 많았다.

응원하는 자국 선수가 그렇게 무참히 당할 때는 분노하는 팬들도 많았다.

하지만 이신이 최강자로 군림한 지도 수년이 지났다.

이제는 자기가 응원하는 선수가 심리전에 박살이 나도, 그런가 보다 하고 덤덤히 넘어갈 정도.

하지만 아쉽게도(?) 이신은 곧장 인류를 골랐다.

그렇게 게임이 시작되었다.


\*            \*            \*


'왜 이렇게 떨리지?'

니노는 당혹했다.

가슴이 떨려서 손까지 덩달아 떨리고 있었다.

프로게이머가 되고서 이렇게 떨린 적은 없었다.

고아가 되고 떠돌이 생활을 했던 니노에게 프로게이머의 삶은 꿈만 같았다.

무엇을 해도 그때보다 힘들지 않으리라.

그런 마음가짐이었기에 지금껏 한 번도 필요 이상으로 긴장한 적이 없었다.

그런 니노가 지금 새가슴처럼 떨고 있는 것이었다.

'왜지?'

어린 니노는 아직 알지 못했다.

그게 바로 승부라는 것을.

정말 싸워보고 싶었던 꿈의 상대를 만났기 때문이라는 것을.

지금까지 니노는 이렇게 진심을 다해 이기고 싶은 상대를 만난 적 없었다.

자신에게 특별한 의미를 가진 상대를 만나지 못했다.

그저 경기는 게임이라는 꿈만 같은 놀이일 뿐이었다.

이제야 비로소 놀이에서 승부가 되었다.

비로소 니노는 프로가 된 것이다.

경기가 시작되자 니노는 처음 주어진 건설로봇 4기를 나눠서 농토로 보냈다.

그런데 일꾼 나누기가 살짝 삐끗했다.

1기가 좀 늦게 자원에 붙어버린 결과를 낳았다.

별것 아닌 사소한 실수였지만, 의미는 남달랐다.

─어, 생산 유닛을 나누는 컨트롤에 살짝 미스가 났군요. 니노가 많이 긴장한 모양입니다.

─상대가 카이저니까요. 막 데뷔해서 그랑프리에 처음 출장한 어린 신인이 카이저를 만났으니 긴장 안 되면 사람이겠습니까?

─긴장을 빨리 떨쳐내고 자기 플레이를 펼쳐야 해요, 니노.

—여태껏 많이 있었죠. 카이저라는 이름이 주는 중압감에 눌려서 자기다운 플레이를 못 보여주고 맥없이 당한 선수들 말입니다.

—예, 카이저의 팬들도 니노를 응원할 겁니다. 제대로 실력 발휘해서 멋진 경기 보여 달라고 말이죠.

니노는 부끄러워졌다.

이 실수를 모두가 봤다고 생각하니 의식이 들 수밖에 없었다.

나이가 어린 탓에 멘탈 관리가 제대로 되지 않았다.

니노는 동요하고 있었다.

빨리 떨쳐 버리고 자기 플레이를 해야 한다는 걸 몰랐다.

대형화면에 니노의 모습이 비춰졌다.

니노는 자각하지 못했지만, 모두의 눈에는 보였다.

바짝 굳어 있는 긴장한 소년의 표정이 말이다.

—오, 이런. 니노가 너무 긴장한 얼굴인데요.

—아직 어려서 그런 걸까요? 아까 카이저가 '랜덤' 얘기를 꺼내며 농담한 정도로 동요한 건 아니겠죠?

—하하, 그것보다는 상대가 카이저라 그런 것 같습니다.

—아무튼 저렇게 긴장하면 컨트롤이 뜻대로 안 될 텐데요.

설상가상.

하필 이신은 정찰 운도 좋았다.

1시에서 시작한 이신은 5시에 있는 니노의 진영을 한 번에 발견했다.

건설로봇은 병영을 건설 중인 니노의 건설로봇을 공격했다.

의례히 하는 가벼운 견제였다.

공격을 받고 있으니 가만 놔두면 병영을 건설하기 전에 건설로봇이 먼저 당할 듯했다.

니노는 자원을 채집하던 건설로봇 1기를 동원했다.

그리고 공격받는 건설로봇은 바로 빼버렸다.

일꾼 하나를 더 일 못 하게 만들었으니 이신의 견제는 효과를 본 것.

그런데 그 과정에서 니노가 바짝 긴장한 영향이 또다시 나타났다.

공격받던 건설로봇을 너무 일찍 빼버린 것.

새로 동원된 건설로봇과 자연스럽게 배턴 터치하여 병영 건설이 지연되지 않도록 했어야 했는데, 긴장한 나머지 마음에 여유가 없어서 버벅거렸다.

'아, 이런.'

니노는 또 자신의 실수를 깨닫고 입술을 질끈 깨물었다.

그런 자신의 모습을 전 세계가 보고 있다.

그렇게 생각하니 한없이 부끄럽고 냉정을 유지하기가 힘들었다.

그런데 이신의 건설로봇이 끈질기게 쫓아왔다.

그리고 기어코,

―퍼엉!

공격받던 건설로봇을 터뜨려 사살해 버렸다.

니노의 표정이 더 우울해졌다.

그런데 그때였다.

─어, 저게 뭡니까?

─카이저의 건설로봇이 니노의 진영에서 이상한 퍼포먼스를 하고 있습니다. 하하하!

─건설로봇 1기 잡아서 좋다고 저러는 건가요? 니노를 놀리고 있습니다! 하하하!

이신의 건설로봇이 제자리에서 전후좌우로 정신없이 고개를 돌리며 우스꽝스러운 행동을 하고 있었다.

세리머니였다.

그런데 니노는 이신의 그런 장난에 담긴 참뜻을 이해할 수 있었다.

너 뭐 하니, 꼬마야?

뭘 그렇게 겁먹었어?

침착하게 제대로 해봐.

'아!'

비로소 니노는 자신이 얼마나 바보 같았는지 깨달았다.

'이런 바보, 뭘 그렇게 겁먹어서! 제대로 하자. 침착하게.'

비로소 니노는 숨 막히던 긴장감을 내려놓고 편안해졌다.

세리머니를 하는 이신의 건설로봇을 보며 웃었다.

덩달아 미소 짓고 있는 이신의 모습까지 대형화면에 함께 나가면서 훈훈한 장면이 연출되었다.

대결은 그렇게 시작되었다.


\*　　　　\*　　　　\*

긴장이 풀린 니노는 비로소 평소의 컨디션으로 돌아왔다.

약간 손해를 봤지만 사소한 피해라 사실상 게임은 지금부터 시작이라고 할 수 있었다.

이를 알려주기라도 하듯, 이신은 서서히 견제 플레이의 서막을 올렸다.

보병 2명과 건설로봇 1기가 앞마당을 구축하려는 니노의 진영을 급습했다.

병영을 짓고서 곧장 앞마당에 확장 기지를 펴느라 테크 트리가 느리게 올라가는 상황.

거기에 인류 대 인류전에서 보병이 잘 안 쓰이기 때문에 무방비 상태인 점을 노린 찌르기였다.

―퍼엉!

날카로운 찌르기에 귀신같은 이신의 사냥 본능이 합쳐져, 어김없이 건설로봇 1기가 터졌다.

하지만 곧 니노도 보병을 뒤늦게 생산하여서 건설로봇들과 함께 반격했다.

―퍼엉!

―으악!

이신은 물러서며 계속 사격을 가해 건설로봇 1기를 더 처치했다.

무빙을 당기면서 퇴각하는 순간까지도 계속 집요하게 괴롭히는 이신.

그런데 그때였다.

"와아아아!"

큰 함성이 울려 퍼졌다.

이신 측에서 보병 2명이 추가로 합류한 것이다.

보병 숫자가 늘어나자 이신은 다시 공세로 전환했다.

—카이저! 보병을 더 뽑아서 힘을 줬어요!

—니노로서는 그냥 건설로봇 한두 기 잡으려는 간단한 견제겠지 싶었을 겁니다! 근데 그 허를 찔러서 힘을 줬습니다.

—다행히 앞마당에 참호를 건설 중이었네요. 곧 완성되겠는데요?

결국 니노는 앞마당에 참호를 완공시켜서 방어에 성공했다.

하지만 성공이라고 부를 수도 없을 정도로 피해를 입은 뒤였다.

—빌드 오더는 유리하게 시작한 니노였습니다만 피해를 너무 많이 봤습니다. 이러면 오히려 득은 없고 테크 트리만 느려진 셈이죠.

—상대가 카이저인데 니노가 디펜스에 안일한 면이 있었어요. 이러면 니노는 계속 카이저에게 끌려 다닐 수밖에 없습니다.

결국 기갑 병력을 먼저 모아서 치고 나간 쪽은 카이저였다.

테크 트리도 자원도 열세인 니노는 상대적으로 웅크린 채로 디펜스에 열중할 수밖에 없었다.

—카이저, 강하게 압박합니다!

—두 번째 확장 기지를 안 주고 말려 죽이겠다는 의도죠!

기갑정거장에서 쑥쑥 뽑아낸 병력으로 전방위적인 압박을 시작한 이신.

초반에 거둔 이득이야 시간이 흐르면 미미해진다.

인류 대 인류전은 특히나 장기전이 되기 십상이라, 이신은 자신이 유리할 때 신속하게 압박 라인을 구성하며 주도권을 굳힌 것이다.

5시 지역에 완전히 갇혀 버린 니노.

본진과 앞마당에서만 자원을 먹는 니노에 비해, 이신은 추가로 2번째 확장 기지를 가져가 자원 우위를 점하려 하고 있었다.

─니노는 자원 격차가 더 벌어지기 전에 어서 저 압박을 뚫어야 합니다! 카이저가 2번째 확장 기지를 돌리면서 그 자원으로 병력을 뽑기 시작하면 그땐 답이 없어요!

─와우, 그런데 압박하고 있는 카이저의 기동포탑 배치를 보세요. 저걸 뚫으라고요?

─하하, 아무튼 안 뚫으면 안 되잖아요.

e스포츠의 수준은 매년 꾸준히 성장한다. 빌드 오더, 전략, 전술, 컨트롤 기법 등은 매년 진화하기 때문이다.

이 진화에 맞춰 프로게이머들도 성장하지 않으면 도태되고 만다. 물가가 오르면 같은 금액이라도 돈의 가치가 떨어지듯이 말이다.

수년 전, 충격적으로 등장한 이신은 지금도 여전히 최강자로 인정받고 있었다.

그것은 이신도 예전보다 성장하고 있다는 뜻이었다.

피지컬, 멀티태스킹 등 예전보다 떨어진 부분도 분명히 있었지만, 그만큼 변화를 꾀하고 발전해 나갔기에 20대 중반의 나이임에도 최고일 수 있는 것이었다.

그 대표적인 부분이 바로 기동포탑의 배치였다.

선두에 배치된 1선.

그리고 2선은 그 1선을 중심에 두고 학익진을 펼친 모양새였다.

1선을 뚫기 위해 달려든 적군이 정면과 좌우에서 쏟아지는 포격에 맞아 쓰러지는 양상이 된다.

계단식 배치에서 보다 발전된 포진이라 할 수 있었다.

거기다가 니노가 항공수송선을 활용한 드롭이나 몰래 확장을 시도할 수 있으므로, 이를 방지하고자 맵 곳곳에 지뢰를 매설해 시야를 밝혀 놓았다.

맵 전역에 시야를 밝혀 놓은 이신의 철두철미한 플레이에 해설진은 연신 감탄했다.

―빈틈이 전혀 없습니다, 카이저! 이 맵에서 카이저가 볼 수 없는 곳은 니노 선수의 본진인 5시밖에 없어요!

―그마저도 레이더를 써서 가끔 들여다보죠. 와우, 니노가 이 상황을 대체 어떻게 극복해야 하는 거죠?

―스텔스 전투기로 흔들어보는 건 어떨까 생각이 들긴 하는데요, 니노는 생각이 다른 것 같네요. 그대로 지상군으로 뚫기를 시도할 듯합니다!

니노는 강력한 압박 라인을 돌파하기 위하여 두 가지를 준비했다.

전술위성 2기.

그리고 항공수송선 1척.

이신이 펼쳐 놓은 압박 라인의 구성을 모두 레이더로 확인한 뒤에 준비한 수단이었다.

―전술위성? 디펜시브 실드를 활용해서 뚫을 요량인가 본데요?

―그러고 보니 카이저가 자주 썼던 돌파 수법이 있죠?

―지뢰에 디펜시브 실드를 걸어서 뚫는 플레이 말씀이시죠? 그건 카이저 외에는 실전에서 쓴 사례가 없습니다.

마침내 니노가 압박 라인을 향해 뛰어들었다.

니노의 기동포탑들이 접근하여서 압박 라인의 1선과 포격전을 벌였다.

그러면서 1척의 항공수송선이 움직였다.

―저 안에 뭐가 타고 있나요?

항공수송선이 이신의 1선 기동포탑들의 머리 위로 건설로봇을 1기씩 떨구기 시작했다.

그것은 마치 신족이 수송기에 태운 광신도를 1기씩 떨어뜨려서 인류의 포격망을 뚫는 것과 유사했다.

건설로봇이 떨궈질 때마다, 2선의 기동포탑들이 반응하여 포격했다.

포격의 확산 데미지에 휘말려 1선이 무너지기 시작했다.

이와 함께 달려든 니노의 고속전차들이 아군의 지원 포격을 등에 업고서 1선을 완전히 무너뜨렸다.

"오오오오!!"

"뚫는다!"

"아직이야!"

관중들의 환호로 경기장이 서서히 끓어오르기 시작했다.

건설로봇을 드롭하는 플레이로 압박 라인 1선을 돌파하는 데 성공한 니노.

—대단히 창의적인 플레이입니다, 니노. 하지만 아직 압박 라인을 다 뚫지 못했어요.

—카이저도 재빨리 대처합니다.

이신은 급히 2선의 기동포탑 몇 기를 빼내 뒤로 옮겨서 3선을 구축했다.

게다가 같이 데려온 건설로봇 몇 기가 2선에 대공포를 설치했다.

사실 이신은 니노의 항공수송선을 발견했을 때 이미 대공포를 짓고 있었다.

다만 니노도 그걸 알아차리고서는 대공포가 완성되기 전에 먼저 달려들었고 말이다.

니노의 돌파 타이밍이 예술적으로 작용한 한 방이었다.

하지만 이신도 압박 라인이 완전히 돌파당하기 전에 대처를 해놓은 상황.

니노는 기세 좋게 다시 2선을 향해 달려들었다.

항공수송선이 대공포가 있는 압박 라인 2선을 향해 그대로 날아들었다.

─파아앗!

전술위성이 항공수송선에 디펜시브 실드를 걸어주었다.

항공수송선은 대공포의 대공 화력에 얻어맞아가면서도, 2선의
좌익에 유닛들을 드롭했다.

이번에 드롭한 유닛은 기계보병들이었다.

─파아앗!

─파아앗!

또 다른 전술위성이 날아와 드롭된 기계보병들에게 디펜시브
실드 2방을 걸어주고 대공포에 맞아 장렬히 산화했다.

디펜시브 실드로 보호된 기계보병들이 2선의 좌익을 혼란으
로 몰아넣었다.

그러는 사이 니노의 전 병력이 그대로 들이쳤다.

─와우! 니노 정말 나이스 플레이였습니다!

─대승! 압박 라인이 붕괴되고 있어요!

총력전 끝에 이신이 압박을 거두고 퇴각하기 시작했다.

예상치 못한 창의적인 전술에 휘말려 승기를 굳힐 수 있는 중
요한 전투에서 대패해 버린 것.

그나마 퇴각하면서 3선을 그대로 남겨놓아서 추격을 지연시
킨 이신의 판단력도 좋았다.

니노의 추격을 차단한 3선도 곧 퇴각했다.

2번째 확장 기지가 완성되고 풍부한 자원을 공급받기 시작한
이신.

하지만 대패의 여파로 잠시 병력의 공백이 생겼다.

조금 후면 사라질 수 있는 이 병력상의 우위를 니노는 확실하게 활용해야 했다.

니노가 거세게 진군했다.

인류라는 것이 믿겨지지 않을 정도로 빠른 진격!

가장 먼저 노린 것은 바로 12시에 위치한 이신의 2번째 확장 기지!

자원이 쌩쌩하게 남아도는 새로운 확장 기지를 쳐부수면 이신은 삽시간에 궁지에 몰린다.

이신도 그걸 알고 있었다.

'이거였나.'

전 세계의 관계자들이 주목한 니노의 재능을 체감할 수 있었다.

예상을 벗어나는 독특한 전술.

전략적으로 불리하다 해도, 전투에서 크게 이기면 승부가 뒤집힌다.

자국에서 무패우승을 한 니노의 강력한 무기는 바로 이거였다.

'도리어 내가 놀라고 말았군.'

쓴웃음을 짓는 이신.

하지만 물론 승부를 포기한 건 아니었다.

궁지에 몰린 순간, 이신의 두뇌가 팽팽하게 돌아갔다.

'주도권은 내준다. 대신 12시를 지켜야 해.'

이신이 발 빠르게 움직였다.

병력을 끌어 모아 11시 본진 지역과 12시 확장 기지 방면을 모두 커버하는 방어선을 구축했다.

맵 장악 주도권을 전부 내주고, 최소한의 지역만 지키기로 한 것이다.

쾌 진격을 했던 니노도 이신의 타협을 받아들였다.

전 맵의 7할을 차지하는 유리한 라인을 구축하고, 문어발처럼 확장 기지를 여기 저기 구축하기 시작했다.

역공을 나섰을 때 이미 2번째 확장 기지를 구축하기 시작했던 니노.

방어선을 긋고서 국면이 고착되자, 추가로 무려 2곳이나 더 가져갔다.

이제 상황은 완벽하게 니노의 페이스였다.

병력이 모이자 이신이 다시 치고 나왔다.

—퍼퍼퍼퍼펑!

전 병력이 단숨에 치고 나와서 라인의 한 축을 치자, 니노는 아차 하는 순간에 살짝 밀려 버렸다.

곧장 대처해서 위기 상황까지는 오지 않았지만, 11시 지역을 이신에게 내주고 말았다.

간신히 11시 지역을 얻어낸 이신.

맵 전체로 봤을 때, 북쪽의 11시·12시·1시는 이신이 차지했고 나머지 전 지역은 니노가 장악한 상황이 되었다.

싸움은 장기전이 되었다.

니노는 유리한 구도를 그대로 유지하면서, 3시와 9시를 대공

포로 도배해 버렸다.

이는 이신이 상황을 역전할 카드가 항공수송선을 활용한 대규모 드롭밖에 없다고 판단했기 때문이었다.

그 판단은 옳았다.

한 번 구축된 라인을 지상군으로 돌파하기란 극히 힘들었다.

니노의 병력에는 지대공 화력이 좋은 기계보병까지 다수 구성되어 있어서, 스텔스 전투기 같은 공중 유닛을 활용해 흔드는 플레이도 원천봉쇄했다.

─카이저가 많이 불리합니다. 물론 아직 자원 공급원이 남아 있으니 괜찮아 보이지만, 지금 먹은 자원은 대규모 전투 한 번 벌어지고 병력을 재생산하면 다 소모되어 버리거든요!

─니노가 압박 라인을 돌파했듯이, 카이저도 국면을 타개할 한 방이 필요해요!

그 말대로였다.

이신은 크게 불리해져 버린 상황을 뒤집을 전략을 구상하고 있었다.

'역시 본진 점령밖에 없다.'

정면 돌파는 무리였다.

똑같이 싸우면 자원상 유리한 니노가 물량 회전에서 압도적이다.

그렇다면 아예 병력을 더 뽑지 못하게 본진을 쳐부숴서 병력 생산 건물과 테크 트리를 전부 박살 내야 한다.

다만 본진에 이르기까지의 여정이 너무나 험난하다.

할 수 있을까?

'해내야지.'

이신은 그 어느 때보다도 강하게 집중했다.

『마왕의 게임』 14권에 계속…

# 초대형 24시 만화방

신간 100%, 샤워실, 흡연실, 수면실(침대석), 커플석, 세탁기 완비

## ▪ 광명 광명사거리역점 ▪

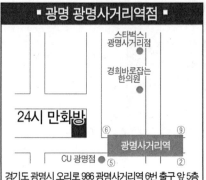

경기도 광명시 오리로 986 광명사거리역 6번 출구 앞 5층
02) 2625-9940 (솔목타워 5층)

## ▪ 강북 노원역점 ▪

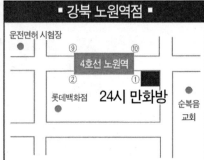

서울 노원구 상계동 340-6 노원역 1번 출구 앞 3층
02) 951-8324 (화용빌딩 3층)

## ▪ 일산 정발산역점 ▪

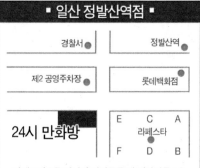

라페스타 E동 건너편 먹자골목 내 객잔건물 5층
031) 914-1957

## ▪ 일산 화정역점 ▪

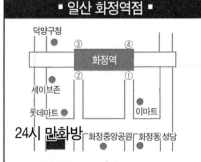

경기도 고양시 덕양구 화정동 984번지 서일빌딩 7층
031) 979-4874 (서일사우나 건물 7층)

## ▪ 부천 역곡역점 ▪

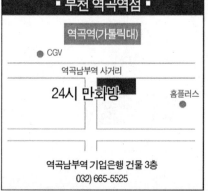

역곡남부역 기업은행 건물 3층
032) 665-5525

## ▪ 부평역점 ▪

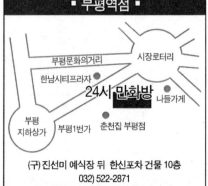

(구) 진선미 예식장 뒤 한신포차 건물 10층
032) 522-2871

FUSION FANTASTIC STORY

# 성운을 먹는 자

김재한 퓨전 판타지 소설

『폭염의 용제』, 『용마검전』의 김재한 작가가 펼쳐 내는
이제까지와는 전혀 다른 새로운 이야기!

## 『성운을 먹는 자』

하늘에서 별이 떨어진 날
성운(星運)의 기재(奇才)가 태어났다.

그와 같은 날,
아무런 재능도 갖지 못하고 태어난 형운.
별의 힘을 얻으려는 자들의 핍박 속에서 한 기인을 만나다!

"어떻게 하늘에게 선택받은 천재를 범재가 이길 수 있나요?"
"돈이다."
"…네?"
"우리는 돈으로 하늘의 재능을 능가할 것이다."

Book Publishing CHUNGEORAM

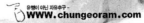

이경영 판타지 장편소설
FANTASY FRONTIER SPIRIT

# 그라니트

## 용들의 땅

GRANITE

사고로 위장된 사건에 의해 동료를 모두 잃고 서로를 만나게 된 '치프'와 '데스디아'.
사건의 이면에 상식을 벗어난 음모가 있음을 알게 된 둘은
동료들의 죽음을 가슴에 새긴 채 각자의 고향으로 돌아간다.
2년 후, 뜻하지 않게 다시 만난 두 사람은 동료들의 복수를 위해
개척용역회사 '그라니트 용역'을 설립해 다시금 그 땅을 찾게 되는데……

**용들이 지배하는 땅 그라니트!**
**그곳에서 펼쳐지는 고대로부터 이어지는 운명적 만남,**
**깊어지는 오해, 그리고 채워지는 상처.**

**『가즈 나이트』시리즈 이경영 작가의 미래형 판타지 신작!**

Book Publishing CHUNGEORAM

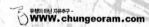
유행이 아닌 자유추구 -
WWW.chungeoram.com

박선우 장편소설
FUSION FANTASTIC STORY

# 멋진 인생

*Wonderful Life*

태어나며 손에 쥔 것이라고는 가난뿐.

그러나 내게는 온몸을 불사를 열정과
목숨처럼 소중한 사랑이 있었다.

『멋진 인생』

모두가 우러러보는 최고의 직장이자 가장 치열한 전쟁터,
천하그룹!

승진에 삶을 바친 야수들의 세계에서 우뚝 서게 되는
박강호의 치열하지만 낭만적인 이야기!

Book Publishing CHUNGEORAM

유령이 아닌 자유추구
WWW.chungeoram.com

# 궁극의 쉐프

Ultimate chef

가프 장편소설

FUSION FANTASTIC STORY

태초의 우물에서 찾은 사막의 기적.
사람의 식성과 식욕을 색으로 읽어내는 능력은
요리의 차원을 한 단계 드높인다.

## 『궁극의 쉐프』

요리란!
접시 위에 자신의 모든 것을 담아내는 것.

쉐프란!
그 요리에 자신의 가치를 증명하는 사람.

**"요리 하나로 사람의 운명도 좌우할 수 있습니다."**

혀를 위한 요리가 아닌, 마음을 돌보는 요리를 꿈꾸는
궁극의 쉐프 손장태의 여정이 시작된다!

Book Publishing CHUNGEORAM

유행이 아닌 자유추구 -
WWW.chungeoram.com

철순 장편소설
FUSION FANTASTIC STORY

# 괴물 포식자

지구 곳곳에 나타난 차원의 균열.
그것은 인류에게 종말을 고하는 신호탄이었다.

## 『괴물 포식자』

괴물을 먹어치우며 성장한 지구 최강의 사내, 신혁돈.
그는 자신의 힘을 두려워한 인류에 의해
인류의 배신자라는 낙인이 찍히고 죽게 되는데…

[잠식이 100%에 달했습니다.]
[히든 피스! 잠들어 있던 피닉스의 심장이 깨어납니다.]

불사의 괴물, 피닉스의 심장은
신혁돈을 15년 전으로 회귀하게 한다.

## 먹어라! 그리고 강해져라!
## 괴물 포식자 신혁돈의 전설이 시작된다!

Book Publishing CHUNGEORAM

유행이 아닌 자유추구 -
WWW.chungeoram.com